O VELHO

ALEX CRIVIER

O VELHO

1ª edição

BREAK POINT EDITORA LTDA.

Ribeirão Preto / SP

2021

Este livro foi revisado segundo o Novo Acordo Ortográfico da Língua Portuguesa. Edição, revisão, projeto gráfico e diagramação: Break Point Editora Ltda. Ilustração capa/contracapa: Álvaro Fantini Sobrinho.

Catalogação na Publicação (CIP)
(Break Point Editora Ltda.)

C936o Crivier, Alex, 1968

O Velho / Alex Crivier;
1. ed. – Ribeirão Preto: Break Point Editora Ltda.
2021. 184 p.

ISBN 978–65–87149–10–3
1. Romance; ficção. I. Título

CDD: B869.3
CDU: 82–3

Break Point Editora Ltda.
Caixa Postal 45 – CEP: 14001–970
Ribeirão Preto/SP (16) 3877–9511
www.breakpointeditora.com.br

Aos órfãos

de pais vivos.

"Os outros enxergam a velhice que se esconde em nós."

Drummond

PRÓLOGO

"Fica longe dele, por favor. Eu te imploro, não vai atrás de nada. Ele vai te destruir também..."

Virgínia observava o esquife branco descer lentamente cova adentro, enquanto pensava na advertência escrita na última página do diário de Cléo.

Vinte anos. Na "flor da idade". O bebê do papai e da mamãe.

Bebê o cacete...

Nem sei mais se o branco do caixão é por ingenuidade ou hipocrisia.

Segurava burocraticamente a mão de sua mãe, enquanto via passar por sua mente cenas que julgava terem se desintegrado por completo há tempos.

Minha irmã nunca teve a chance de ser santa – remoeu Virgínia. Ela carregava uma trinca na alma... Sei lá. Uma coisa que não a largava. Era como se um gigantesco buraco negro habitasse o centro do seu peito, drenando tudo.

– Filha, como a Cléo pôde ter feito isso? – murmurou a mãe. – Como um anjo nessa idade se suicida? Ela tinha todos os privilégios do mundo. Onde foi que nós erramos?

Em tudo.

Virgínia não se surpreendeu com a rapidez da resposta em seu cérebro. Mas calou. Quando viu a pá de cal, desvencilhou-se dos dedos de sua mãe e levantou-se para ir embora.

– Não vá ainda, filha, por favor. Tente respeitar a pureza de sua irmã, ao menos na despedida – choramingou a mulher.

Se o sentimento de nojo pudesse ser representado visualmente, ele seria o rosto de Virgínia naquele exato momento.

– *"Que se partiu, cristal não era."*

– Não entendo filha. O que quer dizer?

– Adeus mamãe.

Sentado impassível ao lado da mulher, o pai virou a cabeça roboticamente na direção de Virgínia, pousando um olhar lento nos generosos contornos da moça, delineados pelo *jeans stretch*.

Observou por um instante a silhueta de sua filha se afastar.

Sem nada para dizer, retornou seu olhar para o vazio, onde sempre esteve.

* * *

O sol lambia libidinosamente as coloridas e extravagantes tatuagens do voluptuoso corpo de Virgínia, provando do prazer que este exalava ao sentir seus fótons tostando-lhe a penugem da pele.

Frugalmente (des)coberta por um nano biquíni, no terraço do *loft* de cobertura em que, ao som do *Pink Floyd,* sua irmã renunciara à vida, a bela moça sujeitava-se aos binóculos gulosos da vizinhança, esperando atrair um olhar específico. Um que não precisaria de equipamento algum para devassá-la.

Bastaria que quisesse fazê-lo.

De vez em quando, com calculada e precisa parcimônia, oferecia sua inacreditavelmente perfeita *derrière* aos abutres, enquanto permanecia a maior parte do tempo virada para a íngreme encosta próxima ao seu prédio, ignorando o vaidoso oceano ao redor.

Mirava obstinadamente, por entre frondosas árvores, uma rústica casa de cumaru, posicionada no alto da falésia, de frente para a praia.

Por detrás do indefectível *Ray-Ban Aviator*, tocaiava o morador da cabana.

O planetinha girava despreocupadamente, enquanto os pelinhos das suculentas coxas de Virgínia iam virando *crème brûlée*.

Chega né? Tô torrando! Tenho certeza de que ele tá me espionando daquele casebre.

Paciência, menina, paciência. Ele vai ter o dele...

* * *

Patrícia chegou apavorando no edifício, como de costume. Pendurou-se no interfone até ouvir a voz amassada de Virgínia:

– Seja quem for, suma! Nem é meio-dia ainda, pô!

– Vê se liga o celular, sua biscatona. Vai, deixa de moleza e abre logo este portão! – disse "Pat", caprichando na saudação.

Virgínia liberou a entrada da superamiga e arrastou-se trôpega para o banheiro. No espelho, o rosto inchado e a maçaroca na cabeça não deixavam dúvidas quanto à bebedeira da noite anterior.

Saco! Vou levar horas até desembaraçar este cabelo. Ainda bem que a Pat tá aqui. Ela me ajuda.

– Minha nossa, mulher! Que isso? Enfiou a cabeça num liquidificador, por acaso? – disparou Patrícia assim que pôs os olhos na amiga, da forma mais delicada que conhecia. – Cê tá um trapo! Pelo jeito a festança foi *top* hein! E nem me avisou, né, sua vaca!

– Pat, dá um tempo. Menos, tá bom? Meu celular achou de pifar. Tanto faz também, o sinal aqui é uma merda. E não teve porra de festa nenhuma. Eu fiquei a noite inteira secando aquela porcaria de cabana pra ver se via o desgraçado. Como não tinha ninguém aqui comigo, quem me fez companhia foi o *Johnnie* – esclareceu Virgínia.

– Os *Johnnies*, você quer dizer, né? – cutucou Patrícia, ao ver as duas garrafas vazias de *whisky Johnnie Walker* no balcão do minibar. – E precisava ser desaforada? Tava sozinha. Tinha que matar dois *Blue Label*?

– Que se foda. É dinheiro do meu pai. Gasto mesmo, ele tem muito – arrotou a princesa. – Mas no quesito "torrar grana", a Cléo era insuperável. Ela... – Virgínia segurou a língua dentro da beiçuda boca e não terminou a frase.

– "Vi" – disse Pat carinhosamente -, não sei se foi uma boa você ter vindo morar aqui.

A espalhafatosa amiga pegou Virgínia pelo braço e a conduziu até a bonita penteadeira branca do quarto de hóspedes.

Com a mão esquerda pousada sobre seu ombro direito, induziu-a a sentar no *pouf* defronte ao espelho.

Pegou alguns elásticos na gaveta do móvel, fez em si mesma um rabo de cavalo com três bolhas e disse:

– Vamos desembaraçar essa cabeleira linda que você tem.

Enquanto penteava aqueles longos cabelos loiros, Pat se lembrava das muitas vezes em que havia se hospedado naquele quarto, quando Cléo era viva.

Virgínia é exuberante. Linda. Perfeita em todos os detalhes. Inteligente. Forte. Eu me orgulharia de ter uma irmã como essa. Mas Cléo era selvagem. Incontrolável. E estava mais confusa do que nunca nos últimos meses. O que será que aconteceu?

– Desculpa se eu parecer intrometida, e se não quiser responder, vá à merda – disse Pat com um sorriso forçado no espelho.

Virgínia manteve o olhar para frente, sem qualquer reação.

– Cléo era "porra-louca" mesmo, sempre foi. Bom, pelo menos desde que a gente se conheceu, há uns dez anos. Nós nem tínhamos nossas tetinhas ainda e ela já vivia na beira do abismo. Você sabe. Meu máximo de rebeldia é meu cabelo azul, minhas *tattoos* e *piercings*, e minha boca desbocada. Mas ela, Vi... Ela parecia se oferecer à *Doña Muerte*, como se achasse que isso iria aliviar alguma dor. O que...

– O que aconteceu? – interrompeu Virgínia tristemente. – Eu descobri um monte de coisas, Pat. Ela me enviou o diário dela pelo correio. Postou no dia anterior ao que se matou.

Pat ficou tensa.

– Aiiiiii!!! PAT!

– Desculpa, desculpa. A escova enroscou num nó de cabelo aqui, pô!

"Aproximo-me do precipício e meu olhar procura a mim mesmo lá no fundo."

A baba do Sartre pingou na cabeça de Virgínia e escorreu por entre seu couro cabeludo, agora dolorido pelos puxões da escova, que não mais a penteava. Violentava-a.

– Chega Pat. Você tá me machucando. Depois eu desembaraço meu cabelo no banho – disse Virgínia levantando-se.

– Ela fala dele no diário?

– ...

– Nem vem. Pode fazer a careta que quiser. Ela era minha melhor amiga. Era sua irmã, mas era minha MELHOR AMIGA! Que BOSTA!

Jogou-se na cama e destampou a chorar.

Virgínia deixou.

Caminhou até o terraço, vestindo sobre a calcinha vermelha apenas uma bata *chemise* branca.

A casa de madeira continuava impassível, apesar dela.

* * *

– Acorda Pat. Vem comer. Pedi pizza.

– Poxa Vi, eu apaguei. Já é noite? Que horas são? – tateou Pat, com os olhos inchados e borrados. O cabelo azul desbotado lembrava a água suja da lavadora de roupas após enxaguar jeans vagabundo.

– Minha nossa, mulher! Que isso? Enfiou a cabeça num liquidificador? – desforrou Virgínia.

Patrícia riu. Foi ao *toilette*, lavou o rosto, arrumou a cara e voltou a ser o espantalho que achava que tinha que ser, embora fosse bonita e graciosa, com traços finos e simétricos.

– Portuguesa ou calabresa? – perguntou Virgínia, aproximando-se decidida da mesa-balcão da cozinha com um saca-rolhas elétrico Cuisinart na mão.

– Qualquer uma, tô faminta!

– Ô mulher rampeira! Se escolher portuguesa, vou abrir primeiro um vinho *Merlot*; se escolher calabresa vai ser um *Cabernet Sauvignon*.

– Que frescura, hein? Abre qualquer coisa aí. Com a Cléo era cerveja mesmo. Pra tudo, aliás...

Virgínia suspirou e abriu o *Merlot,* sem muito entusiasmo. Sentou-se, serviu um pouco na taça, arejou o líquido para liberar os aromas, enfiou o nariz no cristal com uma elegância impossível e, finalmente, bebericou. Satisfeita, preencheu a taça até a metade e partiu pra cima da portuguesa, sem reservas.

Pat achou que virar a garrafa no bico ia ser demais e conteve-se. Encheu sua taça e mandou ver na pizza.

Virgínia repetiu o cerimonial para a calabresa (e Pat, a falta dele).

Algum tempo depois, estavam esparramadas no terraço, olhando o céu claro, vendo mais estrelas cadentes do que normalmente veriam sem o álcool etílico em suas veias.

Uma luz acendeu no interior da cabana e atraiu automaticamente o olhar de Virgínia. Outra luz acendeu na varanda e Virgínia arrepiou. Pulou da espreguiçadeira e sentou-se ereta, com os peitões acesos.

Finalmente, ele vai sair.

– Vi, relaxa – disse Pat, com a consistência de um mingau. – Ele não vai sair pra fora. Eu já vi a Cléo ficar aí plantada horas e mais horas esperando, e naaadaaaaa...

– Sair "pra fora"? Já viu alguém sair "pra dentro", sua jumenta?

– Ah... cê entendeu, vai – resmungou Pat enrolando a língua, já com os taninos dos vinhos precipitando a salivação típica dos bebuns.

– O que a Cléo falava disso?

– Amiga, manja "O velho e o mar"?

– Quê que tem?

– É o que você vai encontrar.

– Não entendi.

Pat estava tão mole que nem levantava mais a cara da almofada.

– O cara parece que vive aqui nesse lugar desde sempre. Não fica que nem nós, fritando no sol de dia e contemplando o mar à noite – explicou afônica.

– E o Hemingway com isso?

– Santiago tinha uma treta com o mar. Nosso homem também tem. Ele passa dias fora, na água. E quando volta, ele fica enfurnado outro tanto de dias, sem sair. Acho que você vai ter que ser mais... Como se diz? Ah! Pro-a-ti-va...

Virgínia ficou tentando ver qualquer silhueta na cabana, mas as cortinas fechadas impediam.

Pat começou a roncar no ritmo de um serrote, atormentando a mansidão do terraço.

Vi achou melhor se recolher.

Cobriu afetuosamente a amiga com uma manta, deu-lhe um beijo na fronte e a deixou por conta das estrelas.

* * *

Os raios do sol entraram assanhados *loft* adentro, procurando o corpão de Virgínia para dourar. Decepcionados, passaram por entre o anil dos cabelos de Patrícia – que tomava seu café da manhã sozinha na cozinha -, brochando na parede detrás da mesa-balcão.

Pat estava melancólica. Muitas lembranças de Cléo. Lembranças demais. Decidiu que não iria ficar ali. Precisava espairecer.

Ia levantar-se para sair, quando Virgínia surgiu metida num biquíni asa-delta Pajaris lilás.

A luz dentro da cozinha pareceu crescer, preenchendo todo o ambiente, como se o sol tivesse se agachado para dar outra espiada ali.

– Vamos andar na praia? – disse a deusa, servindo-se de uma fatia de mamão e um iogurte.

– É o que eu ia fazer.

– Sem mim?

– Ah... É. Eu fico vendo a Cléo pra todo lado. Você vinha de vez em quando, mas eu tava sempre aqui, né? Tô sufocando.

– Ela fala dele sim.

– Quê?

– No diário. Mas é muito dúbio. Ela fala das angústias dela, mas não atrela um sentimento a um fato específico. Tem que interpretar. Acho que nem Nostradamus conseguiu ser tão vago. Tem várias passagens em que eu sei que ela tá falando dele. Mas em outras, as mais sombrias, eu tô com medo da minha interpretação. Eu tenho que tirar isso a limpo com ele, me entende? Você sabe onde estão os outros?

– Que outros?

– Ela só me enviou um diário, que, ao que parece, cobre só o último ano. Deve ter mais.

– Acho que não. Ela não era de ficar com essa coisa de *"querido diário"*, né? O que eu bem sei é que ela mudou muito depois que começou a ir com frequência até a cabana dele.

– Mudou como?

– Ela parecia não saber mais quem ela era.

Desgraçado! Eu não devia ter ficado longe tanto tempo...

– Ele vinha aqui?

– Eu nunca vi, não. Acho que ele nunca veio até ela. Talvez seja isso que tenha deixado a Cléo ainda mais obcecada. Ela dizia que tinha raiva e que ia "arrancar aquela empáfia da cara dele". Era uma declaração de guerra.

– É. Só que ela perdeu. Mas a cavalaria chegou. Comigo vai ser diferente...

– Me deixa ler o diário.

– Deixo. Acho mesmo que ela gostaria que você entendesse o que ela tava passando. Mas antes, EU preciso entender como ela se deixou destruir.

Virgínia deu um profundo suspiro e ordenou:

– Vamos circular, garota.

– Vamos, mas, por favor, põe uma canga em cima desse traseiro, senão eu vou desaparecer do teu lado, né?

– Pat, você tem brilho próprio. A Cléo sempre dizia que a sua presença iluminava a vida dela.

– Iluminar a Cléo não era tão difícil. Agora, essa tua bunda... Impossível!

Elas riram, deram-se as mãos e saltitaram para a areia branca.

* * *

Mal pisaram na praia e Patrícia congelou.

– Que foi Pat? Esqueceu alguma coisa no apê?

Na ausência de resposta, Virgínia seguiu o olhar fixo de Pat, e estancou num pequeno barco de pesca artesanal recuado na orla, sendo reparado por um pescador.

– É o barco dele, não é Pat? – perguntou Virgínia apreensiva. – O barco que aquele velho tá consertando...

– Aquele velho é ele.

Virgínia travou.

O cara que impregnara as páginas do diário de Cléo com angústia; o cara que havia entrado no imenso buraco negro do peito dela, sobrevivido e a deixado para os lobos; o cara que havia destruído sua irmã...

Não podia ser aquele homem.

– Vi...

Virgínia ignorou a amiga e começou a andar determinada na direção do pescador.

Seu coração estava sendo mais espancado que a bateria do Neil Peart, mas ela retomou as rédeas dos seus impulsos, chegando perto da proa do barco transpirando só serenidade. Sem suor.

O velho continuou concentrado em sua carpintaria, indiferente à Afrodite que o fitava.

Pat, agora bem mais curiosa do que tensa, aproximou-se cautelosamente. Virgínia pôs sua mão esquerda na borda de madeira da embarcação e foi descendo devagar, deslizando os dedos da proa à popa, parando bem perto do homem.

O velho, então, levantou a cabeça, e seu olhar atravessou Virgínia, como se ela fosse apenas névoa, desvirginando seu *chakra*.

Contornou-a como se contorna um obstáculo qualquer, pegou uma bolsa que estava na proa e começou a subir a falésia.

– Ei!

O homem parou e, sem se virar, aguardou a moça se aproximar.

– É costume dos locais ignorar as pessoas?

Virgínia chegou mais perto e, quando sua visão se alinhou à dele, eriçou-se toda.

Algo como um bicho emergiu naquele olhar, e não parecia fofinho.

Tentando de alguma forma permanecer no limite externo do redemoinho que girava em sua íris, ela moveu seus olhos para o corpo dele.

– Distração minha. Tenha um bom dia – disse ele com uma voz gutural, retomando seu caminho.

Pat tietou, impressionada.

– Menina! Você é maluca!

– Ele tem o rosto forte. Robusto. Os cabelos e a barba são vigorosos. A pele é dourada, firme e bem nutrida. Seu tônus muscular é perfeito. Por que a Cléo nunca tirou uma foto dele?

– Que conversa de tônus é essa, mulher? Ele é rústico. A Cléo só invocou com ele porque quis tirar sarro de um velho. Agora, o lance da foto é mais sinistro. Ela me contou que uma vez apontou o celular pra ele e ele virou o bicho. Disse pra ela nunca mais fazer aquilo.

– Muito estranho... Pat, ele não é um jangadeiro ressecado. Não é nenhum "maracujá de gaveta". Acredite: "velho" não serve pra definir esse cara.

* * *

Apesar do ímpeto de subir imediatamente a encosta até ele, Virgínia se conteve. Ouviu, como se fosse um sussurro, o chamado do sol-amante.

O mar preparou a passarela e lá se foi ela, atormentar os caiçaras, pobres diabos desavisados, que naquela noite não conseguiriam dormir.

As amigas andaram e desandaram por toda a extensão da orla, conversando sobre tudo: Cléo, vida, rebeldices, homens moles e quebradiços... E velhos.

– Pat, tô começando a sacar o que despertou na Cléo a fissura por esse cara.

– A Cléo era atentada, Vi. Pra mim não tem muito mistério nisso. Você viu como ele te ignorou? Virgínia, minha amiga, é VOCÊ, porra! – disse Pat indignada, esticando os dois braços na direção da amiga e balançando-os para cima e para baixo. – E ele também fez isso com a Cléo, várias vezes. Ela se sentiu invisível. E foi à forra. O grande mistério pra mim, na verdade, é por que o que deveria ter sido apenas uma provocação virou uma obsessão.

– Mas é exatamente disso que eu tô falando, mulher! – impacientou-se Virgínia. – Pat, dá só uma olhada no extrato masculino do pedaço – disse a sereia, apontando pra todo lado na praia. – Esses caras parecem de louça. Vaidosos demais. *Too soft!* Eu encaro e eles baixam os olhos, ficam intimidados. Meu, as minhas pernas tremeram quando aquele "velho" me olhou – confessou Virgínia, fazendo o gesto de aspas no ar com os dedos. – Tinha um... Não sei, tinha algo perigoso ali. Foi isso que instigou a Cléo. No diário, ela nunca se referiu a ele como "velho". De longe, ele engana.

Um calafrio percorreu a espinha de Patrícia, mas ela não deixou transparecer.

Cléo havia dito a mesma coisa no dia em que conhecera o velho.

De longe, ele engana...

Virgínia rumou para o *loft* e Pat seguiu logo atrás, afundada em pensamentos temerosos.

Ai, ai, ai... Sei não... Isso não tá indo bem...

Mas a Vi é porreta!

Ele vai comer na mão dela rapidinho.

Eu espero...

* * *

O luar estava fraco, e a brisa que vinha do mar só trazia arrepios.

Excetuados os imunizados pelo poder do vil metal – como as despreocupadas Patrícia e Virgínia, que seguiam bebendo e ouvindo música alta no terraço do *loft* -, diante da agonia final do domingo, a maioria dos mortais comuns ajoelha-se perante o inclemente ranço da segunda-feira.

Destoando da leviana juventude dourada dos *lofts* milionários, um mortal incomum deixava claro que também estava imune à doença dos lacaios da rotina, mas por pura insubordinação.

Descalço e sem camisa, vestindo apenas uma calça de algodão cru, com uma bebida de cor âmbar na mão direita, o velho, envolto por uma melodia cadenciada, desdenhava do tímido vento na varanda.

Virgínia, ao vê-lo fora da cabana, tratou de chamar sua atenção do melhor jeito que conhecia: aumentou o som do "pancadão" e pôs-se a rebolar no terraço.

Julgando que estava abafando, a acrobata executou vigorosamente seus passinhos de dança preferidos, caprichando na boquinha da garrafa.

Quando olhou de novo para a varanda da casa, não havia mais ninguém lá.

Sem perceber que a plateia debandara, Pat seguiu firme no esfrega-esfrega com um *Johnnie Walker* vazio.

* * *

How does it feel

To treat me like you do?

When you've laid your hands upon me

And told me who you are?

No crepúsculo, sentado num banco de tronco na varanda de cumaru, o velho absorvia o rocio do mal-humorado oceano.

Uma sinuosa fumaça saindo do café quente na xícara em sua mão denunciava o clima cinzento e ranzinza daquela segunda-feira.

Seu pé direito balançava no ritmo da música, que tocava na altura exata para seu espaço: nem ruidosa, nem sonolenta.

Thought I was mistaken

I thought I heard your words

Tell me, how do I feel?

Tell me now, how do I feel?

Pat levantou-se para ir ao *toilette* e resolveu dar uma espiada no terraço nublado. Quando viu que o velho estava na varanda, correu para o quarto de Virgínia:

– Ele tá lá fora, Vi.

– Mas que merda, Pat. Que horas são?

– Pra nós é madrugada, mas pra ele não. Enfia uma roupa aí e vai lá! Eu vou tomar uma ducha, que eu tô vencida.

Virgínia saiu no terraço meio desorientada, embrulhada num felpudo roupão de banho. Ouviu a melodia no ar e tentou sintonizar.

Ele continuava sentado lá, degustando seu café.

A investigadora desfilou pra lá e pra cá disfarçadamente, mas seu esforço em identificar a música que ele estava ouvindo acabou prejudicando sua espontaneidade.

Pat, então, achou de aparecer enrolada numa toalha, perguntando cadê o shampoo.

Fodeu com o momento.

Com a *solitude* quebrada pela intromissão das estabanadas vizinhas, ele entrou de novo na cabana.

Diabos! – pensou Vi.

– Pat, que música é essa que estava tocando? Quase não deu pra escutar, mas eu sei que conheço, eu já ouvi antes.

– É *Blue Monday. New Order.*

– É isso aí! Tocava sempre nas boates.

– Tocava sempre aqui também. A Cléo ouvia toda segunda-feira...

* * *

O velho abriu a porta e não pareceu surpreso com a figura à sua frente.

– Interessante esses batedores na sua porta. Achei que ninguém mais usava estas coisas pra ser anunciado. Não faria mais sentido você usar uma campainha? – provocou Virgínia, intencionalmente.

– Talvez – respondeu ele, indiferente.

– E parece que você gosta mesmo deles, hein?! Senão, por que razão teria não só um, mas dois?

Percebendo que a moça estava determinada, o velho se dispôs à conversa:

– Você sabe o que são?

– Eu disse. São batedores de porta, não é? E parecem medievais.

– São aldravas de ferro fundido. E podem ter mais de uma serventia.

– Um deles é uma argola na boca de um leão, e o outro é um pingente. Por que a diferença?

– Me dizem se é um homem ou uma mulher que está à porta.

– Como? Pela força da batida? Eu posso te garantir que bato mais forte que muito frangote por aí – gabou-se a atleta.

– Não duvido. Se me der licença... – disse ele, iniciando um movimento de recuo e empurrando a pesada porta.

– Ok. Entendi. Não tem nada a ver com força. Então é o quê? – insistiu Virgínia, tentando agarrar-se ao fiapo de assunto que lhe sobrara.

O morador ponderou por um instante. Ciente de que não teria como escapar daquilo sem ser rude, forneceu a corda para que ela se enforcasse.

– Cada aldrava produz um som diferente.

– E se a visita tocar a aldrava errada?

– Então eu saberei que se trata de uma pessoa ignorante.

Virgínia queimou.

– Ah, é?! E como você agiria diante de uma pessoa assim?

– A melhor forma de lidar com a ignorância, é reconhecendo-a o mais rápido possível. E afastando-se. Com licença...

E fechou a porta.

** * **

— Ele fechou a porta na minha cara, Pat! – indignava-se Virgínia, andando de um lado para o outro no terraço do *loft*.

Pat suspirou desanimada.

— Vi, é óbvio que ele já sacou quem você é. E é óbvio também que sacou que você quer confrontar ele por causa da Cléo. Ele vai te evitar mesmo...

— Não sei se é isso, Pat. Ele realmente parece não gostar de mim.

Ai, ai, ai... – Eu não queria te dizer isso Vi, mas a Cléo também encanou que ele não havia gostado dela. Mais especificamente, do que ela externava, e isso a comeu por dentro.

— Explica.

— Ela tirou os *piercings*. Parou de usar lápis e delineador preto. Guardou os anéis, as pulseiras e os colares. Trocou os alargadores de orelha por brincos comuns. Começou a esconder as *tattoos*...

Então não foi minha mãe que mandou arrumarem ela daquele jeito no caixão... Parecendo Cinderela...

— Por que não me contou isso antes, Pat?

– Eu te falei. Eu disse que ela não sabia mais quem ela era – justificou-se.

Virgínia fitou Pat e recitou furiosamente, gesticulando: – *"O Mago tentou fixar-se apenas em sua aura, mas era um homem – e um homem olha o corpo de uma mulher."* – Deu um soco no parapeito com a base da mão direita fechada, e completou: – Ele não vai me ignorar, Pat, eu te prometo. Mas agora, nesse momento, eu preciso é descobrir o que significam aquelas drogas de aldravas. Elas podem me revelar muita coisa sobre ele. Pescadores não costumam ter portas como aquelas. E nem ouvem *New Order*!

– Vi, uma vez, uma única vez, a Cléo disse que ele não era pescador. Eu quis saber mais, mas ela desconversou.

– Seja lá o que ele for, é um homem. E está pra nascer um homem que não ajoelhe pra mim.

– Qual é o lance do *"Mago"*? *Game of Thrones*?

– Paulo Coelho. *Brida*.

Uau! – Impressionada com o esoterismo da amiga, Pat devaneou: *Esse cara não vai ter chance.*

* * *

O velho continuou se aproximando de seu barco na praia, apesar da intrometida sentada dentro dele, vestida com um *short jeans* e um *top* regata.

– Andei perguntando de você por aí – disse Virgínia, com o queixo apoiado na palma da mão e o cotovelo apoiado no joelho desnudo, esforçando-se para conter o súbito tremor que a invadira.

– Satisfez sua curiosidade? – disse ele, sem disfarçar o aborrecimento pela ousadia da moleca.

– Todos me disseram que nunca viram você voltar do mar com peixe. Você deve ser um péssimo pescador.

– O mar não tem estado pra peixe.

– Também me disseram que você fica por aqui por uns tempos, depois desaparece. Aí você volta, fica mais um tanto e some de novo. Parece que você migra conforme as estações. Você é sazonal. Gostou da palavra? Sazonal? Intrigante isso... E quer saber o que também é intrigante? Eu perguntei pra todas as cabeças de algodão do balneário, se eram seus amigos. Nenhum deles disse ter te conhecido na infância.

– Talvez seja culpa da minha sazonalidade.

– Talvez... *Droga! Como é liso...* – Mas todo mundo conhece a casa de madeira no alto da falésia. Disseram que é muito antiga. E ninguém soube me dizer quem foi que a construiu – cutucou Virgínia, observando atentamente cada mínima reação dele.

– Quem quer que seja que a tenha construído, fez um bom trabalho – disse o velho, virando-se e seguindo em direção à sua cabana, ignorando a última provocação da moça:

– Ô! Você não ia sair com o barco?

* * *

– Deixa ver se eu entendi: você bateu perna pra todo lado na manhã inteira, xeretando sobre o cara. Aí, sentou dentro do barco dele e ficou esperando até ele aparecer, pra você poder provocar? Perdeu a noção? O que mais você vai fazer? Ele já bateu a porta na tua cara!

– Aí é que está! Ele não bateu a porta. Ele fechou, assim, normal. Foi rude, mas não foi grosseiro.

– Puta merda! Cê tá se ouvindo? Rude e grosseiro são sinônimos. *Heloooow*? Tem alguém aí?... – Pat deu dois *crocs* na cabeça de Virgínia, inconformada.

– Você entendeu Pat – disse ela, encolhendo-se para desviar dos cutucões. – Ele tá sendo áspero, mas em nenhum momento me esculachou, ou foi agressivo. Eu achei que ele ia me arrancar do barco, mas ele não falou nada, simplesmente se retirou. É como você disse. Ele tá mandando um recado: não quero interagir com você. Ponto.

– Ele não foi violento AINDA! – advertiu Pat.

– A Cléo não teve medo dele.

– Ele destruiu a Cléo, porra!

– Não fisicamente. E ela dá a entender no diário que já estava *"irremediavelmente quebrada"*.

– Não vou mais argumentar com você, Vi. Eu não sou páreo para o diário. Eu era só a melhor amiga, que, ao que parece, não serviu para as confidências...

Virgínia dirigiu-se ao seu quarto e voltou, segurando na mão esquerda um caderno encapado com couro marrom-escuro, trancado por um pequeno cadeado. Na mão direita, balançava uma chave.

– Tó. Vê se entende o que tá aí.

Jogando o diário e a chave na *chaise longue* Le Corbusier da sala, Virgínia rumou para o elevador.

– Aonde você vai?

– Vou chutar aquela porta, com classe...

* * *

O velho abriu a porta, segurando em uma das mãos uma taça com sua bebida âmbar. Vestia uma camiseta salmão, uma calça de sarja areia e sandálias. Sem surpresa pela visitante, intrigou-se com a nova postura.

– Oi. Apesar do leão, uma mulher deve usar a argola. O pingente é para os homens. Acertei?

– As chances eram de cinquenta por cento. Não foi um grande feito.

– Ah! Qual é?! Dá um pouco de crédito! Eu pesquisei. Essas aldravas da tua porta são, provavelmente, marroquinas.

– Também podem ser iranianas. Não dê vereditos apressados.

– Eu estou de branco. Vê? – Virgínia balançou as mãos em sua própria direção, mostrando seu sofisticado moletom *Nike*. – Eu vim em paz.

O velho hesitou.

Um *déjà vu* o atingiu inesperadamente, com a força de um *uppercut*.

Em conflito, seu olhar varreu a coelhinha de cima abaixo. Percebendo que seria inútil continuar indo contra o que lhe era tão imanente, capitulou.

– Ok. Entre, por favor. Aceita uma bebida?

– Obrigada. Acompanho o que você estiver tomando.

Virgínia ficou observando ele se dirigir a um pequeno bar de madeira, no canto da espaçosa sala, e drenar uma boa dose de um *cognac* Hennessy Paradis.

Ao constatar que o pescador iria lhe servir uma bebida tão sofisticada, Virgínia expandiu o olhar e percebeu que não estava em uma mera cabana. De repente, seu próprio *loft* lhe pareceu estéril. Aquela casa rústica de cumaru era, por dentro, a síntese do conforto.

– Quem é você? – disparou Virgínia à queima-roupa, pegando a taça *balloon snifter* das mãos do velho e provando do raro elixir âmbar.

– Um pescador.

– Não mesmo. Minha irmã não cairia por causa de um pescador.

O velho não demonstrou qualquer reação.

Aproximou-se de um aparelho que estava sobre uma clássica cristaleira baixa de duas portas, de mogno maciço avermelhado, e fez um gesto suave com a mão diante das suas portas de vidro, que se abriram automaticamente, expondo alguns controles. Apertou um botão, e uma guitarra cadenciada, dispersa por um persistente órgão, começou a se propagar no ambiente. Virgínia notou a marca do fabricante do *player*: Bang & Olufsen. Não aguentou:

– Que tipo de pescador tem portas centenárias com aldravas, bebe Hennessy, tem aparelho de som dinamarquês, e ouve *New Order*?

– Que tipo de jovem sabe o valor disso?

– O tipo rico. E inteligente. – Virgínia achou necessário acrescentar.

– As portas podem ser de demolição; o conhaque pode ter sido um presente; o aparelho tem mais de uma década, é um BeoSound 3200. Seus vereditos continuam apressados – rebateu ele.

Entremeada à guitarra, uma voz rouca começou a resmungar, desafiando o monossilábico órgão.

♫

Well my heart's in The Highlands, gentle and fair...

♫

– E ouvir música de qualidade é uma questão de ajuste fino da frequência interna – completou o velho, sentando-se num imenso sofá de couro marrom no estilo retrô, indicando com um gesto a superfofona poltrona à sua frente para a moça.

– Como assim? – desentendeu Virgínia, sentando-se na poltrona de couro e sendo engolida por ela.

♫

Honeysuckle blooming in the wildwood air...

♫

– Os sons são ondas mecânicas propagadas em um meio material. Essas ondas podem ter muitos ciclos por segundo, ou poucos. Isso se chama frequência do som. Alta no primeiro caso e baixa no segundo. Quando o som tem um padrão, com harmonia, ritmo e melodia, torna-se música.

Definitivamente, não é um pescador. – Dando um generoso gole na bebida, Virgínia percebeu que estava começando a sentir uma estranha letargia.

– Por que estou tendo uma aula disso?

– Você quis saber como alguém como eu poderia ouvir o que ouço – respondeu o velho. – Seu cérebro também gera ondas – continuou. – Algumas operam em baixa frequência, e outras em frequências mais elevadas. O tipo de música com a qual você se identifica está diretamente relacionado ao seu nível mental.

♫

I'm gonna go there when I feel good enough to go...

♫

Sem saber se era o Hennessy, aquela música hipnótica, ou o diabo da poltrona, Virgínia entrou num estado de relaxamento profundo. Num último esforço antes de se deixar teletransportar para outra dimensão, perguntou anestesiada:

– O que as músicas que ouço no meu terraço dizem sobre mim, então?

– A frequência do som é medida em hertz. A altura, ou volume, é medida em decibel. O que você ouve não tem consistência. São arranjos inferiores, pobres, muitos decibéis acima do razoável. É ruído.

♫

Wouldn't know the difference between a real blonde

and a fake...

♫

Antes de perder a consciência, a mente da moça fixou o eco de seu último pensamento:

"Ele insinuou que sou burra?"...

O velho se levantou do sofá e tirou a taça vazia da mão da bela adormecida. Sentou na banqueta de madeira do bar e pôs-se a velar a jovem, enquanto seu músico preferido lhe prestava seus serviços.

♫

Feel like a prisoner in a world of mystery...

♫

* * *

Tudo ao redor de Virgínia foi ficando azul, de uma tonalidade cada vez mais escura, levando-a a estranha sensação de estar pairando no espaço.

Linhas ondulantes de cores variadas passavam através de seu corpo, e ela sentia-se sem massa.

Pelo que lhe pareceu uma eternidade, Virgínia vagou por aquela espécie de éter.

Lentamente, percebeu que começara a afundar, sentindo seu peso reassumir seu corpo, e acordou grudada no couro da poltrona.

Olhou ao seu redor, desconfiada. A tênue luz da luminária de sisal, acesa sobre o balcão do pequeno bar no canto da sala, denunciava que a noite já avançara. Tudo estava em silêncio. Sabia que estava na cabana, mas não via o velho. Levantou-se com dificuldade, praticamente tendo que escorregar para fora daquele *poltergeist*. Constrangida, percorreu cautelosamente os cômodos da casa, confirmando o excepcional bom gosto de seu morador.

Mas o lugar estava vazio.

* * *

– Ele chumbou você. Te deu um "boa noite Cinderela" e sabe-se lá o que mais ele fez – deduziu Pat, olhando para uma Virgínia atordoada.

– Pat, não foi nada disso. Primeiro, eu tava cansada, né? Andei pra cacete por aí. Segundo, aquela poltrona não existe, meu! É muuuito confortável. Terceiro, e não menos importante, a música: totalmente hipnótica. Eu tenho que descobrir que som era aquele, eu nunca ouvi nada parecido. Como vê, não foi só uma coisa. Foram todas essas coisas juntas. Criou um clima, manja?

– Manjo. O "conhacão" não teve nada a ver... – ironizou Pat.

– Você me conhece. Os 40% de álcool do Hennessy são os mesmos dos *Johnnies*. Agora, o beijo que aquela coisa te dá na boca... Menina, eu tô com medo de comprar uma garrafa daquilo. Vou virar alcoólatra...

– Cê já é alcoólatra. Qualquer um te internaria se fizesse um exame do teu sangue. Mas, voltando o filme: ele simplesmente te largou lá?

– É.

Virgínia se tocou. O cara havia sumido, juntamente com o barco, e deixado sua cabana aberta, com uma estranha apagada lá dentro.

– Tem certeza de que ele não se aproveitou de você, como ele fez com a Cléo? – especulou Pat, num tom cheio de rancor.

– Tenho. Mas por que tá dizendo que ele se aproveitou da Cléo com essa certeza?

– Tá no diário. E é nojento. E você ainda disse que ela nunca se referiu a ele como "velho". Olha aqui!

Antes que Virgínia pudesse abrir a boca, Pat pegou o caderno com capa de couro marrom-escuro de cima da mesa-balcão da cozinha, abriu em uma página marcada e começou a ler furiosa:

"... ontem ele me disse que eu não poderia desfazer o passado, e que tinha que me afastar. A imagem daquele velho desgraçado me fazendo segurar aquela coisa murcha, fedendo a urina, me veio imediatamente à mente, tão vívida que me fez vomitar..."

Virgínia começou a chorar. Levantou-se e foi direto para seu quarto, dizendo entre soluços:

– Eu não devia ter deixado você ler.

Pat jogou o diário de volta na mesa-balcão e a seguiu, esbravejando:

– Ele é um DESGRAÇADO, Vi! EU QUERO QUE ELE MORRA!

– NÃO É DELE QUE ELA TÁ FALANDO! É DO MEU PAI! – berrou Virgínia.

E trancou-se no quarto.

* * *

Virgínia puxou uma das cadeiras da mesa-balcão da cozinha, sentou-se ao lado de Patrícia e segurou sua mão com força. Ficaram assim um tempo. Foi Pat quem quebrou o silêncio:

– Desculpa.

– Pat, eu também não estou conseguindo lidar com isso.

– Eu reli o trecho. Você tem razão. Ela se refere ao passado. Temos que interpretar direito, ela embola muita coisa.

– Eu disse.

– Mas isso explica toda aquela selvageria dela. Vi, por que ela não se abriu?

– Não acho que é algo que se consegue contar. Eu tenho uma lembrança muito vaga de, uma vez, estar sentada no colo dele, e ele ficar ofegando. Eu achei muito esquisito, fiquei incomodada, e comecei a evitar ficar perto dele. Eu era muito nova, e nunca falei disso. Mas eu tive sorte, eu escapei. E ele acabou se concentrando nela. Quando li o diário, eu soube.

– Amiga, eu sinto muito.

– É por isso que ela se tornou um pesadelo para a família. Ela estava punindo eles; meu pai por ser um monstro maldito, e minha mãe por acobertar tudo.

– Vi – despertou Pat –, ela estava desforrando no pescador um ódio generalizado por homens mais velhos?

– Acho que, no início, sim, a motivação era essa. Mas acho que a coisa acabou virando, e ela sucumbiu à própria dor. Termina de ler o diário, Pat, ainda tem muita coisa estranha ali. Você tem que me ajudar a chegar ao fundo disso, porque, eu te garanto: nosso homem não é um velho, não é simplório e não, mas não mesmo, é um pescador. Nosso próximo passo é descobrir aonde ele vai quando sai com aquele barquinho.

$$* * *$$

Diante das aldravas, Virgínia titubeou. O barco não voltara à orla. O dono provavelmente não estaria em casa.

Qualquer coisa, eu posso dizer pra ele que estou tomando conta da cabana...

Tendo convencido às paredes e a si mesma de que era justificável entrar na casa de alguém, na ausência desse alguém, Virgínia empurrou a maciça porta e foi em frente.

Sem a tensão provocada pela presença magnética do velho, a espiã pôde absorver melhor o ambiente. Apesar de robusta, a mobília não deixava o espaço carregado. A sensação era de harmonia e aconchego. E tudo era realmente de primeira.

Curiosa quanto à vista que teria do terraço de seu *loft*, a partir da perspectiva da cabana, rumou para a varanda. Mesmo com as frondosas árvores que rodeavam a casa, o mar era o protagonista ali, projetando seu infinito no rústico guarda-corpo de cumaru. Às plantas restava perfumar o ar, como as pequenas flores do orgulhoso álisso no canteiro lateral, que exalava saudade de seu mar Mediterrâneo.

Sentada no mesmo banco de tronco em que ele estava na modorrenta segunda-feira anterior, confirmou que todo o seu *loft* podia ser observado dali. E ouvido. Pat estava no terraço, deitada de bruços em uma das espreguiçadeiras, com o som ligado. Tentou, sem sucesso, chamar a atenção dela.

Minha nossa! Preciso avisar aquela louca pra abaixar a música...

Lembrando-se da hipnótica melodia que a havia enfeitiçado, foi até o *player* na sala. Repetiu o gesto que ele havia feito diante do aparelho e *voilà*; as portas de vidro se abriram e revelaram um CD: *Time Out of Mind* – Bob Dylan. A caixinha do disco estava sobre o tampo da cristaleira, próxima à caixa de som esquerda. Virgínia analisou a embalagem e o encarte e foi até o bar, roubar outro beijo do Hennessy, aproveitando para conferir a adega do velho: de cair o queixo. Um Château Lafite Rothschild a cumprimentou logo de cara, abraçado a um Opus One 2013, que, de tão improvável, fez a moça achar que seus olhos a estavam enganando.

Entusiasmada, abriu uma pequena portinhola na base interna do móvel, e encontrou um espanhol Pingus 1995 e um português Pêra-Manca 1990. *Uau! Primeira safra! Esse menino é um verdadeiro enófilo!* – pensou a garota, divertindo-se com sua travessura. Virgínia já ia se mandar, quando viu a ponta de um envelope pardo pousado no fundo do compartimento, atrás das garrafas.

Uma comichão a dominou. Removeu as garrafas, enfiou o braço o quanto pôde e alcançou com a ponta dos dedos o invólucro. Puxou a aba com cuidado, expirando aliviada ao sentir que não estava colada. Espiou dentro e viu que eram fotografias. De repente se tocou que não vira sequer um porta-retratos na casa. Virou ansiosamente o envelope, despejando seu conteúdo no chão.

São muito antigas. Mas... Não. Não pode ser... Não faz nenhum sentido... Isso é impossível!

Seu coração parou por uma fração de segundo, perdendo uma batida. Sentiu um medo gélido e decidiu sair imediatamente dali. Juntou tudo do chão, jogou no envelope, colocou no mesmo lugar em que estava, repôs os vinhos e deu o fora da cabana, sem nem olhar para trás.

Bob ficou esparramado sobre a cristaleira, e uma taça de *cognac* com marcas de batom ficou suspirando no balcão do bar...

***

Virgínia entrou aturdida no apê, branca como um papel. Pegou um copo d'água na geladeira e virou-o quase que de uma só vez. Ajeitou-se na *chaise longue*, fechou os olhos e tentou se acalmar.

O pancadão no terraço, pela primeira vez na sua vida, a irritou.

Pulou da *chaise*, foi até o aparelho e desligou o som. Pôde, então, ouvir Pat ronronando na espreguiçadeira.

Ótimo, tá dormindo. Isso vai me dar mais tempo pra pensar...

Voltou para sua poltrona francesa e começou a ruminar.

1921... Não pode ser... Ele teria hoje... Não! Eu tô delirando... Não é ele.

Não vou falar nada pra Pat. Aliás, pra ninguém.

Melhor esquecer isso. É confusão minha...

Virgínia decidiu seguir com seu plano, como se não tivesse visto o que viu.

* * *

Patrícia acordou confusa. O sol se fora e a música que tocava baixinho era estranha. Virgínia estava no balcão da cozinha, preparando uma salada de frutas.

♫

Same old rat race, life in the same old cage...

♫

— Morri e estou no limbo? Cadê meu *funk*? Por que tá tocando isso?

♫

I wish someone'd come and push back the clock for me...

♫

— O Papa aboliu o limbo faz tempo, Pat. Apresento-lhe, *Mr.* Robert Zimmerman.

— Quê?

— A música que eu ouvi na cabana, Pat.

— Huh. E quem é esse tal aí, que você falou?

— Bob Dylan, mulher! A música é *"Highlands"*. Tá curtindo? Mais de dezesseis minutos! O álbum inteiro já está devidamente incorporado à minha *playlist*.

– Ah! Bob Dylan. Famosão.

– Eu nunca tinha ouvido antes. Você já conhecia Pat?

♫

Feel like I'm driftin', driftin' from scene to scene...

♫

– Mais ou menos. *"Knockin' On Heaven's Door"* é legal.

– Não, amiga, isso é *Guns N' Roses*...

– Não, amiga, não é não. É música do tal Bob. O *Guns* regravou. *"Like a Rolling Stone"* também é boa.

– Essa é dos *Rolling Stones*, nem vem!

– Não, amiga. É dele também. O Mick Jagger até agradece no fim da música: *"Thank you, Bob!"* – remedou Patrícia. – Quando eu ouvi isso pela primeira vez, fiquei curiosa, achei diferente. Eu quis saber o porquê da coisa e descobri que o cara existia. E mais um monte de gente regravou músicas dele. O ser é tipo o ídolo dos ídolos...

♫

She say "You must be joking", I said "I wish I was"...

♫

– Putz! Como eu tô por fora...

– Ele vai te mudar também Vi?

– Como assim, Pat?

– Meu, bastou um encontro com o velho e você já tá mudando seu gosto musical. E que coisa é essa de ouvir música desse jeito, baixinho? Cadê a emoção?

– É uma questão de ajuste fino da frequência interna. Evolução, cara Pat. E não foi um "encontro", tá?

– Eu, hein! Dá um pouco dessa salada de frutas aí.

Patrícia ficou apreensiva. Virgínia começara a seguir a mesma trilha que Cléo...

♫

The sun is beginnin' to shine on me...
♫

♫

But it's not like the sun that used to be...
♫

* * *

"E se eu te mostrar meu lado negro, você ainda vai me abraçar esta noite? E se eu abrir meu coração para você, e te mostrar meu lado fraco, o que você faria?"

Pat quebrava a cabeça com o esquivo diário de Cléo.

Mas que droga! Ela tá dizendo isso pra quem? Para o pescador? Que eu saiba, ela não ficou com ele. Ele a rejeitou completamente.

Mas a última página do caderno não pareceu tão abstrata para Pat. Ela viu nas linhas finais, claramente, a confirmação de quem fora o culpado pelo suicídio da amiga.

"Eu estou irremediavelmente quebrada. Fica longe dele, por favor. Eu te imploro, não vai atrás de nada. Ele vai te destruir também..."

Decidida, fez algumas ligações.

– Ok, fica combinado então. Amanhã às 8 horas eu tô aí. Tchau.

– 8 horas? Aonde cê vai tão cedo? – perguntou Virgínia saindo do banho, embrulhada em seu felpudo roupão, com uma toalha enrolada na cabeça.

– Aluguei um helicóptero pra fazer um sobrevoo pela orla. Aquele barquinho mixuruca não pode ir muito longe, né? Eu vou descobrir aonde ele sempre vai. Não é isso que você disse que deveria ser nosso próximo passo?

– Excelente ideia, amiga! Vou também!

*   *   *

O dia amanhecera totalmente aberto, e o helicóptero decolou suavemente. Como uma libélula gigante, deu longos rasantes na linha costeira. O sol, de sua parte, seguia a aeronave tentando abraçá-la, querendo alcançar a passageira pela qual já estava rendido.

– Pode voar mar adentro, por favor? Queremos ver as ilhas próximas – pediu Virgínia manhosamente ao piloto, inclinando-se sutilmente para olhar pela janela dele e resvalando o seio esquerdo em seu braço.

– Há um pequeno arquipélago a alguns quilômetros da costa. É de ilhotas desabitadas, a maioria porque não têm praia e é difícil atracar. Posso levar vocês até lá, não é tão longe – informou o piloto, perdidamente influenciado por seus hormônios.

– Legal – sorriu Virgínia.

Patrícia varria o mar como um radar, mas nem por isso deixou de perceber a artimanha da amiga, sempre sensual.

À medida que o tempo passava e a distância da costa aumentava consideravelmente, Pat se perguntava como o velho poderia ir tão longe, só com aquele barquinho.

– Vi, olha lá! – disse Patrícia de repente. – Ali, à direita, naquelas três ilhazinhas. Tem um píer na do meio. E um barquinho atracado.

– É mesmo! *É o barco dele!* – pensou Virgínia, mas sem verbalizar nada. Ninguém deveria saber que estavam procurando um barco específico. – Apesar de inabitadas, essas ilhotas são muito bonitas, hein? Mas acho que já podemos voltar, já abusamos do nosso generoso piloto, não é Pat? – disse Virgínia piscando discretamente para a amiga.

Em solo, Virgínia despediu-se do piloto com os protocolares três beijinhos, estrategicamente aplicados nos cantinhos da boca do abestalhado aviador.

– Vamos nessa, Pat – disse para a amiga, enquanto guardava um pedaço de papel com as coordenadas geográficas das ilhas na aba do sutiã.

– O que a gente faz agora?

– Vamos esperar ele aparecer. Enquanto isso, a gente malha um pouco, pra manter este nosso corpinho, amiga.

Pat respondeu com uma bela careta. Detestava exercício.

* * *

Em sua pequena academia particular, na parte coberta do terraço do *loft*, Virgínia puxava ferro vigorosamente, enquanto Patrícia relia o diário de Cléo pela enésima vez.

Bob estava no ar, resmungando baixinho, enfeitiçando Virgínia e irritando a amiga.

– Pat, não vai vir levantar uns pesos comigo?

– Eu não. Já tô cansada só de olhar você fazer força. Fico com as caminhadas mesmo, pra mim tá bom. E eu quero entender umas coisas que a Cléo escreveu, porque não fazem nenhum sentido MESMO!

– Muita coisa aí não faz sentido. É por isso que estamos investigando o velho. Que, aliás, não se comporta como velho.

– Este trecho, por exemplo: *"Entendi que eu nunca poderia me deitar na terra dele, porque seria vomitada destroçada. Eu estraguei meu corpo por demais. Ele disse que isso acabava com tudo, antes mesmo que pudesse começar. Mas o que eu fiz, fiz por ódio do meu sangue... Sangue que agora desprezo mais ainda. Só me resta me livrar dele...".* A parte do sangue parece clara, ela tá falando do... Desculpa, Vi.

– Tudo bem, Pat, pode dizer. Não vamos ter como fugir disso – lamentou Virgínia.

– Ela tá falando do pai – prosseguiu Patrícia, meio constrangida. – Mas o *"me livrar dele"* é pra quem? Para o pescador? Para o pai? Ou ela se refere aqui ao que acabou fazendo: cortar os pulsos e se *"livrar"* do seu próprio sangue, que pra ela vinha do sangue do pai e, portanto, estava podre? Confuso... Agora, o *"estraguei meu corpo"*, acho que pode ter a ver com as *tattoos*, que ela andava escondendo, como se tivesse passado a ter vergonha delas. E o que ela quis dizer com *"deitar na terra dele"* e ser *"vomitada destroçada"*? Note que ela não disse *"vomitada"* E *"destroçada"*. O que quer que seja deu a entender que primeiro a destroçaria, e a vomitaria depois!

– Pat, vamos comer num restaurante, arejar um pouco; a gente tá pirando...

Foram.

O garçom aproximou-se da mesa das meninas todo sorridente. Não sabia se olhava para os peitos de Virgínia ou se anotava o pedido.

– Vamos de *paella*!

– Minha nossa, Vi! Vamos empanzinar depois dum prato desses!

– Tô com fome, "ora bolas". Malhar me abre o apetite.

Pediram, comeram e arriaram. Enquanto pagavam a conta, Virgínia resolveu aproveitar a solicitude do garçom e perguntou:

– Você é daqui?

– Nascido e criado – respondeu o moço pronta e assanhadamente.

– Tem umas ilhotas a uns quilômetros da praia. Conhece? Sabe se tem alguma coisa legal pra fazer lá?

– Sei que tem cavernas em algumas das ilhas, mas o pessoal evita ir. Tem estórias de gente que desapareceu por ali.

– Bacana. Obrigada – dispensou Virgínia, com um sorriso.

O garçom retribuiu o sorriso, recolheu os pratos da mesa e se afastou desajeitadamente, esbarrando nas cadeiras das mesas em seu caminho.

– A gente precisa ir lá, Pat. Pat? PAT!

– Hãã? Que foi?

– Vambora, garota. Você já era por hoje. Tá pescando na mesa do restaurante...

** * **

Uma luz tênue acendeu no interior da cabana. O velho retornara. No *loft*, uma festinha *privé* entre amigos distraía as investigadoras. Apesar disso, ou por causa disso, nenhuma luz acendeu na varanda de cumaru.

No dia seguinte, já no final da tarde, três batidas na ancestral porta da casa de madeira anunciavam uma visitante óbvia, porém, vestida para matar.

– Oi. Podemos conversar?

– Se deseja... Entre – disse o velho, cedendo o seu espaço.

– É a primeira vez que me acolhe prontamente – observou Virgínia, sentindo novamente a sensação de aconchego do lugar.

– É a primeira vez que pede permissão para algo.

Virgínia corou. Acabara de perceber o quão arrogante vinha sendo. Djavan cantava "Faltando um Pedaço", e deixava o ambiente leve e sensual. Virgínia percebeu também que nunca havia parado para ouvir Djavan direito. *Que paz...* – pensou.

Olhou para o velho, tentando manter uma visão ampla, sem focar diretamente nos olhos dele. Ainda pressentia algo animalesco ali, que lhe arrepiava.

– Aprecia vinhos?

A pergunta soou bastante ambígua para Virgínia. Uma dúvida lhe tomou de assalto.

Será que ele descobriu que fucei na adega?

Resolveu jogar o jogo.

– Amo. Sou praticamente uma enóloga, nível profissional mesmo – disse a moça, aproximando-se do barzinho, sentando no banquinho de madeira, de costas para o balcão, e apoiando-se na peça com os dois cotovelos.

Quando contornou o balcão, o velho passou bem próximo a ela, encostando o quadril de leve em sua perna direita.

♪

Brigando horas a fio, o cio vence o cansaço...

♪

Com Djavan provocando, as penugens douradas das coxas de Virgínia bateram continência, e a minissaia da *femme fatale* ofereceu pouca resistência. Tentando disfarçar a ligeira excitação, a moça virou-se no banquinho, ficando de frente para seu enigmático *barman*. Impassível, o velho abriu um Burmester

2007 e, como manda o figurino, serviu apenas um pouco na taça e a ofereceu à dama para aprovação.

– Um vinho do porto vintage. Acho que temos uma prazerosa tarefa pela frente: esvaziar essa belezinha, lentamente.

Após degustar, Virgínia assentiu, inclinando levemente sua taça: *yes, please.*

Enquanto o velho fazia as vezes de cavalheiro, ela o media de cima abaixo.

Uma camiseta branca de algodão, um "blue jeans" e um chinelo de dedo. "Clean". E hoje ele está parecendo ainda mais vigoroso que antes. Essa pele não é a de um velho. Tem mais colágeno aí do que nos comprimidos do Sidney Oliveira que a minha mãe toma...

O velho se serviu, sentou num banquinho estrategicamente alojado na parte interna do balcão e provou do líquido *ruby*, fechando os olhos por um instante, na clara expressão de um pequeno prazer.

– Me acha bonita?

O *look* compunha um par de botas pretas *over the kanne* de couro de camurça (salto 13), uma minissaia godê preta (cintura alta), e uma fina blusa branca de manga comprida, sem decote, com gola quadrada, feita do ultratecnológico tecido *Light*-(CO2)®. Recheando tudo isso, um corpo generoso, *"à la Niemeyer"*, recoberto com uma pele bronzeada e envolta em uma leve penugem dourada. Um comprido e brilhante cabelo loiro, jogado sobre um dos ombros, emoldurava aquele anjo/demônio, que realmente podia causar acidentes na rua.

– Para os padrões da sociedade atual, você é.

– E para os seus padrões?

– Poderia ser perfeita.

Virgínia fez cara de interrogação. Não estava acostumada a ser tida como menos que perfeita.

– Poderia?

– A beleza está na sutileza dos gestos, não no chacoalhar frenético dos quadris; na insinuação das formas, não na sua exibição explícita; na transparência do vestido contra uma luz tênue, não na nudez aberta; na proporção equilibrada do conjunto, não no exagero das partes; na leveza do corpo, não no culto aos músculos; na pele totalmente imaculada, não nas marcas indeléveis.

Virgínia coalhou. Tentou justificar:

– *Strong is the new beautiful.*

– *In whose opinion?* – devolveu o velho.

Ao ouvir a resposta no mesmo idioma que usara para parecer sofisticada, Virgínia entendeu o recado. Mas ainda tentou se desvencilhar da armadilha em que entrara.

– Forte é o novo belo, na opinião da maioria dos homens. Fique sabendo.

– Dos efeminados, talvez...

– Nada em mim lhe agrada?

– Hoje, especificamente, você está perfeita. Ao invés de ofender com um devassado decote, trouxe a graciosidade da nuca nua. Deixou que o vão entre a minissaia que ondula e a borda da bota que escala remetesse à fresta na porta do quarto das meninas, que aflige e arremata meninos impúberes. Este é o poder da mulher. Se quisesse, você poderia ser perfeita sempre. Se não cedesse à vulgaridade...

– Eu sou visita. Não se trata as visitas assim. Não bastou insinuar da outra vez que sou burra por gostar das minhas músicas?

– Burro se diz de quem é incapaz de aprender as coisas. Você é apenas ignorante.

– É a segunda vez que me chama de ignorante, mas agora fiquei ofendida! – indignou-se Virgínia, juntando as unhas no banquinho de madeira.

– Somos todos ignorantes, em algum grau. É impossível ter conhecimento de tudo. Ignorante é aquele que ignora. É aquele que ainda não teve contato com algo. Não é um defeito, é uma condição. Pode-se escolher permanecer na ignorância, ou pode-se buscar conhecer o máximo de coisas possível, diminuindo o seu grau para o mínimo. A mãe da ignorância é a preguiça.

Virgínia abaixou a guarda. Tinha que se controlar. Tinha que estar à altura dele. Não esperava um adversário assim. Mas ela também era formidável, e não iria deixar a peteca cair.

– Qual é o seu nome? – atreveu-se.

– Nome... Nomes podem ser inventados.

– O que seria mais importante que um nome?

– Uma memória.

– Como devo me referir a você, então?

– Tem tido dificuldade com isso até agora?

Diacho! – Penso que seria bom ter uma referência sua, pra evitar mal-entendidos – manobrou habilmente a jogadora.

– Velho.

– Não parece inadequado?

– Você descartou "pescador", Virgínia.

Uma corrente elétrica percorreu todo o corpo da moça, causando um formigamento em cada folículo capilar que possuía, atordoando-a momentaneamente. Num esforço para evitar uma descompostura, rebateu por reflexo:

– Não me lembro de ter me apresentado formalmente.

O velho contraiu os cantos da boca, num quase sorriso.

– Educação não é o forte dos jovens.

Não, meu caro, não é. O forte dos jovens é o sexo... – pensou Virgínia, mas não falou. Desceu do banquinho e desfilou até o aparelho de som. Acima, na parede, havia um nicho com diversos CDs, que não havia notado antes. Ficou um bom tempo analisando a eclética coleção. Djavan engatara "Esquinas", e a atmosfera havia ficado mais lenta, mas ela sentiu-se bem com a transição.

Sem recusar a paisagem, o velho manteve seu olhar naquela mulher deslumbrante.

♫

... e traz, toda a paz, que um dia o desejo levou...

Só eu sei...

♫

– Minha irmã te disse meu nome?

Apesar de agora aparentar estar segura de si, Virgínia sentiu um ligeiro tremor interno, pela tensão.

– Mencionou, uma vez.

– Ela te disse o nome dela?

– Não. Não teria feito diferença.

Destruiu minha irmã e sequer quis saber o nome dela... – pensou Virgínia, olhando para o encarte do CD do Djavan sobre a cristaleira.

– É Cléo. E eu acho que teria feito diferença.

– O que quer comigo?

– Entender o que aconteceu com a Cléo.

O velho aproximou-se de Virgínia, ficando a milímetros de seu busto. Ela não se moveu. Uma espécie de eletricidade, quase mensurável, faiscou entre seus corpos. A fina blusa branca de tecido *Light*-(CO2)® não foi capaz de disfarçar os mamilos eriçados da beldade. Seguido pelo olhar tenso dela, ele fez com a mão o gesto ao qual o *player* obedece e expõe seus botões. Apertou *off* e disse, encarando-a: – A resposta corre nas suas veias.

Sob o silêncio do luar, que começava a invadir a cabana, Virgínia optou por uma *overbet*:

– Vinhos vintage têm que ser consumidos assim que são abertos. Vamos terminar a garrafa?

Deixando seu mamilo esquerdo tocar suavemente no braço do velho ao se virar, Virgínia retornou ao bar, sentou-se no banquinho de madeira interno e encheu sua taça. O velho trocou o CD e dirigiu-se ao balcão. Não se sentou. Apenas apoiou uma das pernas no banquinho externo e pegou sua taça.

Virgínia apanhou a garrafa e serviu-o.

– Não gosta mesmo de mim?

O velho permaneceu quieto, olhando seu vinho tinto-sangue.

– Ao menos chegou a gostar dela?

O animal agressivo que vagava por detrás da retina do velho subitamente avançou, tornando ameaçador seu olhar e assustando Virgínia.

♪

Quero toda sua pouca castidade

Quero toda sua louca liberdade...

♪

Ivan Lins interviu com *Vitoriosa*, absorvendo do ar as energias químicas que ameaçavam incendiar o lugar. O velho abaixou a cabeça e, pela primeira vez, não foi evasivo: – Pessoa certa. Tempo errado...

– Ah! Mas hoje em dia isso não é mais problema! Ninguém mais liga pra diferença de idade entre as pessoas. Se vocês acabaram se gostando, por que não mandaram o mundo se danar?!

♪

Quero sua risada mais gostosa

Esse seu jeito de achar que a vida pode ser maravilhosa...

♪

– É melhor você ir...

* * *

Virgínia agora ouvia Bob Dylan, *New Order*, e uma eclética lista de artistas, do *rock* ao *jazz*, além de todo o panteão da MPB... E *Pink Floyd*. Nada mais de *funks* rasteiros, MC's e pieguices sertanejas. Não rebolava mais na boquinha da garrafa, não malhava mais com pesos e estava discretíssima nos *looks*. Patrícia já vira esse filme.

– Você tá mudando, Vi. É ele. Acorda.

– Não, Pat. Eu estou mudando sim, mas não por manipulação dele. E você quer saber? Ele também não mudou minha irmã. Começo a crer que o que ele fez, na verdade, foi fazê-la perceber que havia antolhos na cabeça dela.

– Não sei o que é isso.

– Antolhos são aqueles troços que colocam na cabeça dos cavalos pra eles só olharem em uma direção. Meu pai usa muito no haras. O que quero dizer é que, na presença dele, não consigo sustentar quase nada do que faz de mim, eu mesma, entende?

– Taí! Você acabou de confirmar. Ele tá enfiando na sua cabeça que você é inferior. Isso é violência psicológica contra mulher. É *gaslighting*! Eu sabia, eu tinha certeza! Ele não passa de um porco chauvinista! Já faz duas semanas que você teve lá, e desde então você tá só se esquivando. Vai ou não vai me contar o que foi que rolou?

— Pat, essa sensação de que a maioria das convicções que tenho não é realmente minha, que são porcarias impregnadas em mim por contaminação ambiental, tá rolando pelo simples fato de que eu me senti melhor no universo dele. E descobri que a Cléo sentiu o mesmo.

— O que é melhor no universo dele?

— *"Meta e dança, vai. Eu desço empinando a bunda, subo com a mão no cabelo. Quebro, de ladinho quebro, na boquinha eu levo o dedo."* — Virgínia remedou a letra da música "Invocada" e dançou jocosamente na sala do *loft*. — Este era o meu universo.

— Tá renegando a Ludmilla?

— *"O amor é como um raio, galopando em desafios; abre fendas, cobre vales, revolta as águas dos rios; quem tentar seguir seu rastro se perderá no caminho; na pureza de um limão, ou na solidão do espinho."*

Pat ficou pasma, ouvindo boquiaberta Virgínia deitar na *chaise* e cantarolar.

— "Faltando um Pedaço", Djavan. Este é o universo dele. Conseguiu ver a diferença?

— Menina, o que ele fez com você?

– Nada Pat. Eu descobri que quem só convive com cachorros, acaba com pulgas. Essas coisas que a gente vem ouvindo, essas músicas baixas, nascem em ambientes rasteiros. Culturas miseráveis acabam por produzir e disseminar coisas inferiores. Não se trata de pobreza, mas de ignorância, e é possível escapar da ignorância. Djavan, por exemplo, escapou, e olha o que o cara faz. Ele me fez prestar atenção ao que existe em outro nível.

– Sei...

– Ah, Pat! Sei lá! É difícil explicar. Só sei que eu me conectei com tudo o que envolve aquele diabo daquele homem. Depois que você prova mel, não quer mais açúcar, tá?

– Por que ainda não voltou lá, então?

– Ele me mandou embora...

– Te mandou embora?! E você ainda valoriza o cara? E vai deixar barato assim?

– Eu pisei na bola. Ele foi sincero e eu estraguei tudo. Eu refleti muito nestes dias, Pat. Se eu quiser desvendar esse caso, eu não poderei ser a Virgínia que você conhece.

– O problema que eu estou vendo, amiga, é que pelo jeito você já está deixando de ser...

* * *

O velho revisava seu pequeno barco na orla, absorvendo os raios solares em suas costas nuas como se fosse um painel fotovoltaico. Virgínia espreitava, tomando água de coco numa barraca próxima, desacreditando dos contornos absolutamente enxutos daquele torso.

– Oi. Perdão por minha insensibilidade naquele dia – disse ela, com a melhor cara de "Madalena Arrependida" que pôde fazer, achegando-se sutilmente à embarcação. – É óbvio que o lance da Cléo com você foi mais sério do que eu penso.

Sentindo que havia sinceridade no tom do pedido, ele aceitou as desculpas com duas ligeiras balançadas de cabeça na vertical e um semblante sereno.

Como seus olhos estavam miúdos por causa do reflexo da luz solar na areia branca, a moça conseguiu admirá-lo de frente, sem ser fulminada pela coisa selvagem que montava guarda na janela daquela alma arisca.

A cada vez que o analisava, Virgínia ficava mais e mais atraída por ele. Vestindo somente a parte de cima de um biquíni branco, e uma pantalona

laranja com fenda nas pernas, a moça exibia suas
coloridas tatuagens como se elas fossem uma obra
do Romero Britto. Achou que podia provocar:

– Estou perfeita hoje?

– Não.

– Nós estamos na praia. Ainda assim acha
que estou vulgar?

– Por que ofende o seu corpo dessa forma? É
sua morada. Tudo o que faz com ele traz consequência – disse o velho num tom carregado de de-
sapontamento. Virgínia nunca ouvira aquele tom.

– Fala das minhas tatuagens? É isso? O que
você tem contra?

– Injetar tinta na circulação linfática lhe parece uma boa ideia?

– Isso é preconceito seu. Se não fosse seguro,
ninguém faria.

– Marca seu corpo só porque os outros fazem?

– Minhas *tattoos* têm muitos significados para
mim, ok? Por exemplo, esta borboleta colorida re-
presenta a beleza.

– A borboleta é o símbolo da mudança. A encarnação da transitoriedade das coisas. Ao vê-la na
natureza, todo seu sentido fica evidente. Mas im-
pregnada de forma permanente na pele humana, a

imagem desse ser sublime perde toda a sua magnificência. O tempo a transformará num borrão.

– E na natureza as borboletas não vão morrer?

– Quando finda seu tempo, a natureza concede a elas a dignidade de desaparecerem.

– Minhas amigas também têm borboletas tatuadas. Todas as meninas do colégio faziam uma quando debutavam, era moda na época – justificou-se Virgínia, procurando onde se apoiar.

– Fez por modismo, então?

– Qual o problema em seguir uma moda?

– Significa ceder a um instinto de rebanho.

– Eu quis dizer que fiz por tradição. Expressei-me mal – esquivou-se ela, agora se sentindo uma HQ ambulante. Pensou em Cléo.

– Tradição? Por acaso você pertence a alguma tribo primitiva? Fez algum ritual de passagem? Andou sobre brasas ou se deixou picar por formigas-cabo-verde?

– Saco! Por que denigre tudo o que diz respeito a mim? Minha irmã pode ter se matado porque não suportou a dor de ter a confiança traída por quem mais deveria protegê-la, mas parece ter sido VOCÊ quem colocou a lâmina na mão dela!

Virgínia virou-se furiosa e começou a se afastar decidida, quando a voz dele deteve-a:

– Espere.

Ela parou, mas recusou-se a se virar. Ficou atolada na areia, pensando em porque havia parado. Queria seguir em frente, ignorar aquele homem e nunca mais procurá-lo. Mas seu querer era fraco, e o campo magnético do velho a reteve imóvel, até que se aproximasse.

– Há coisas que sua juventude é incapaz de compreender – disse o velho. – Não é culpa sua.

– Por que você é cruel assim?

– Vê a garota de camiseta amarela sentada na mesa, com aquela turma barulhenta? – perguntou o velho, olhando para o quiosque de onde Virgínia tinha vindo.

– Vejo. O quê que tem ela? A mim, parece a mais sem graça ali.

– Observe melhor – disse ele. A roda de jovens está formada no entorno dela. Todos se inclinam em sua direção; orbitam-na, inconscientemente. Agora veja os amigos: tatuagens, *piercings*, cabelos e penteados inomináveis, penduricalhos, bugigangas, cigarros eletrônicos, paieiros e cachaças vagabundas. E ela, limpa, leve. Repare na delicadeza do brinco, na discrição do batom, na sutileza do esmalte nas unhas. Seus cabelos são lindamente livres e suas sobrancelhas são levemente rebeldes. Ela cuida de sua aparência, tem a vaidade na medida saudável, e sabe disso. Não busca parecer uma boneca de plástico, borrada de maquiagem, com sobrancelhas geométricas e cabelos com amônia. Ela é a imagem do frescor, como se tivesse acabado de sair do banho, totalmente despojada, absolutamente livre de qualquer sentimento de obrigação para com o rebanho.

– E daí? – desdenhou.

– Ter personalidade não significa sair travestido de espantalho na rua, para que o mundo o reconheça como alguém que não tem medo de ser julgado pela imagem que adotou para "fazer parte" de um grupo. A força do caráter está em não sentir necessidade de ser notado. Para isso, é preciso uma imensa confiança interior.

– Admira aquela garota porque ela é "sem sal"? – ressentiu-se Virgínia.

– Você a chama de insípida, mas ela é livre. Ela pensa por si mesma. Tem a sua idade, mas você ainda terá que passar pelo filtro de muitas eras para chegar onde aquela garota está hoje. Saia do rebanho, Virgínia, ele anda em círculos.

– E onde é que aquela garota está hoje?

– Rebanhos existem para serem imolados. No altar dos sacrifícios, aquela garota é uma sacerdotisa. O que sua irmã poderia ter sido, se antes não tivesse se autodestruído por causa de seu pai.

O velho calou-se e rumou para sua cabana.

Virgínia afundou na areia movediça.

* * *

Virgínia entrou no *loft*, pegou um *Johnnie* no balcão do minibar e um copo na cozinha, passou por Pat sem dizer qualquer palavra, embrenhou-se em seu quarto, trancou a porta, jogou-se na cama e desejou desaparecer.

Pat largou seu sucrilhos, foi até a porta do quarto da amiga, bateu duas vezes e perguntou:

– Tudo bem aí Vi?

– Me deixa sozinha!

Tava demorando... – pensou Pat.

Levando consigo sua tigela de cereal com leite, banana em rodelas e morangos picados, Pat foi para o terraço, ouvir sertanejo universitário. Cuidou de manter o volume um pouco mais baixo que o habitual, afinal, Virgínia não era mais a mesma e, considerando o mau humor, não seria a melhor hora para cutucar a onça com vara curta.

Mastigava ruidosamente seus flocos de milho, quando engasgou ao ver o velho atravessar a faixa de areia da praia e empurrar seu barco para o mar.

Cof! Cof! Cof! – tossiu atrapalhada, correndo para dentro do apê.

Ele vai praquela ilhazinha. Vou atrás. Preciso daquele papel com as coordenadas das ilhas que o cara do helicóptero deu pra Vi. Ela colocou no diário logo que a gente entrou aqui naquele dia.

O diário de Cléo estava sobre uma mesinha de apoio, ao lado da *chaise longue* Le Corbusier da sala. Pat pegou o caderno e abriu-o, encontrando o tal papel na primeira página. *Isso!*

Largou sua tigela de sucrilhos pela metade em cima da mesa-balcão da cozinha, pegou a chave do seu carro e saiu apressada.

Dirigiu por meia hora, até a vila de pescadores mais próxima. Não queria que ninguém do balneário a visse alugando um barco.

– Eu quero ir até três ilhazinhas a alguns quilômetros da costa. Elas ficam nestas coordenadas aqui – disse Pat, mostrando o papel a uns pescadores que vadiavam próximo a um pequeno barco.

– Podi guardá seu papel, moça. A gente conhece o lugar. Eu levo ocê lá – disse um deles.

Embora rústico, o barquinho do pescador tinha um pequeno motor, o que fez com que a viagem fosse rápida e a distância parecesse menor do que realmente era.

Ao avistar as ilhas, o pescador falou:

– Aí não tem praia não, moça. Só dá pra pará naquele portozinho da ilhinha du meio.

Vendo que o velho ainda não chegara, Pat concluiu que, provavelmente, ele estava vindo a remo. Decidiu ficar na ilha e esperar.

– Pode me deixar ali mesmo. Você volta pra me pegar no finzinho da tarde. Se eu não estiver te esperando, é porque fui embora com um amigo, tá bom?

– A sinhora manda...

Vendo o barco do pescador se afastar, Pat resolveu explorar os arredores do lugar.

A ilhota não era mais que um rochedo, que, de alguma forma, havia conseguido criar e manter uma cobertura arborizada. Partindo do píer, Patrícia rumou por um caminho natural, cujas marcas de passagem esboçavam uma trilha. Seguiu sua direção e em poucos minutos chegou à entrada de uma caverna. Passou pela abertura sem dificuldade, e pôde ver que adiante a caverna ficava mais clara, ao invés de escurecer. Chegou a uma ampla câmara, onde um fio de luz do sol entrava por uma brecha no teto e reluzia num pequeno lago de águas transparentes. O chão era coberto por uma espécie de líquen branco-cinza-esverdeado, que formava um tapete aveludado por quase todo o entorno. Pat ficou bestificada com tamanha beleza. Subitamente, viu um vulto enorme mover-se no fundo da lagoa. Seu primeiro pensamento lhe remeteu a um tubarão, ou algo assim. Assustada, percebeu que tinha forma humana. Sem hesitar, contornou a pequena faixa de terra que margeava a água e escondeu-se detrás de uma formação rochosa, no canto da caverna contrário à abertura por onde entrara.

O velho emergiu de dentro da lagoa, totalmente nu. Pat prendeu a respiração e ficou em silêncio total. Pegou sorrateiramente seu celular para registrar a cena, mas descobriu que a bateria descarregara por completo. *Merda!* Não pôde deixar de notar o corpo perfeito dele. *Uau! Que bunda! A Vi tem razão, o cara tá em cima! Não tem uma pelanca sequer...* Observou-o deitar-se por sobre aquele estranho tapete e, horrorizada, o viu ser lentamente engolido pelo solo. Quaisquer pensamentos divertidos sumiram. Ouvindo seus gemidos, ficou séria, e imaginou que aquilo poderia estar digerindo-o vivo. Quando ia sair de seu esconderijo para tomar alguma atitude, lembrou-se do diário de Cléo: *"Entendi que eu nunca poderia me deitar na terra dele, porque seria vomitada destroçada..."*. Compreendeu na hora que o velho fazia aquilo regularmente. Era um ritual. Alguma coisa ali, naquela caverna, naquele solo, tinha a resposta para o comportamento excêntrico daquele homem. Resolveu ficar escondida pelo tempo que fosse necessário.

Após algumas horas, a luz na câmara começou a minguar, e Pat percebeu que a tarde findava.

	

Mal se lembrou do barco que alugara e ouviu o ruído do motor. O pescador voltara para buscá-la.

Não vendo Patrícia no píer, conforme o combinado, e vendo que havia outro barco atracado, o pescador concluiu tratar-se do tal amigo que ela mencionara, e foi-se embora.

A barulheira havia perturbado o ritual, e Pat percebeu que o velho começara a se levantar, ainda coberto daquela massa ramificada.

Incrédula, viu quando ele, de pé, ficou imóvel por um tempo, enquanto os estranhos filamentos do organismo deixavam lentamente seu corpo e retornavam para o solo.

Com uma inspiração profunda, o velho mergulhou na lagoa e desapareceu. Patrícia se perdeu nas horas, petrificada. Incapaz de deixar o lugar onde estava enquanto aquilo continuasse se mexendo, esperou até que a coisa se reassentasse.

Finalmente, convencida de que poderia passar, e de que ele não voltaria à caverna, dirigiu-se à abertura por onde entrara e rumou para a trilha, chegando rapidamente ao pequeno porto e confirmando seu temor: o barco não estava ali. Tentou sem sucesso religar seu celular.

Vou ter que ficar a noite aqui, sozinha...

Com um misto de receio e curiosidade, Pat voltou à câmara. Ignorou a advertência da falecida amiga, aproximou-se do lugar onde o velho havia estado e, hesitante, deitou-se no tapete branco-cinza-esverdeado. *Se ele pode...*

Uma brisa leve farfalhou na ilhota, misturando-se ao tenebroso grito de agonia que ecoou na noite...

* * *

Toda amassada, Virgínia saiu de seu quarto arrastando uma tremenda ressaca. *Thank's Johnnie, minha cabeça está doendo. Acho que vou dar um tempo na nossa relação...*

Deu uma circulada pelo *loft* e, não encontrando Patrícia, resolveu dissolver-se na banheira. *Um bom banho e um relax com meus sais vão me por em dia.*

Submersa na aerada espuma de seu *spa*, Virgínia delirava com o velho, imaginando-o cheio de desejo por ela.

Coincidência ou não, achara de experimentar novos horizontes, selecionando aleatoriamente na sua recém-atualizada *play list,* a música "Jura Secreta".

♫

Nada do que posso me alucina

Tanto quanto o que não fiz...

♫

À medida que Simone fazia confissões proibidas, a loira sentia a hidromassagem lhe sovar as carnes e revolver a água, jogando num turbilhão seu patinho de borracha amarelinho.

♪

Só uma palavra me devora

Aquela que meu coração não diz...

♪

Caindo em si sobre seu comportamento mimado e caprichoso, tomou um tapão na orelha daquelas palavras e sarou rapidinho da bebedeira...

♪

Só o que me cega

O que me faz infeliz

É o brilho do olhar

Que não sofri

♪

* * *

Ao segurar displicentemente na argola, Virgínia teve um dos dedos arranhado pelas presas na boca do leão de ferro fundido. Feras não toleram desrespeito, mesmo as simbólicas. *Ai! Droga!*

– Entre.

A voz do velho veio decidida de dentro da casa de cumaru, convertendo a hesitação da moça em atitude. Ela empurrou a porta e entrou no covil, reagindo involuntariamente à primeira imagem que chegou aos seus olhos: suas penugens arrepiaram e suas pupilas dilataram. Tentou absorver a cena sem dar tanta bandeira, mas seu rosto ficou rosado e os bicos dos seios mandaram a dissimulação às favas. Deu dois passos sobre o tradicional tapete berbere tunisiano de lã, que compunha a sala de estar da cabana, e aproximou-se do objeto de sua aflição.

O velho deitado estava, e deitado continuou. De seu sofá retrô de couro marrom, vestindo apenas uma boxer preta de algodão, observou uma gota de sangue pender do dedo de Virgínia, ameaçando seu artesanato (certificado com selo de cera vermelha do governo da Tunísia).

– Machucou-se?

– Seu leão deve estar bravo hoje – disse a presa constrangida, segurando com a palma da mão esquerda o dedo avariado, não sabendo se evitava a tragédia com o tapete ou com seu coração.

– Melhor cuidarmos disso – disse o velho, levantando e dirigindo-se ao seu quarto. Retornou vestido com sua calça de algodão cru preferida e uma camiseta azul; para salvar a mocinha, trouxe um prosaico *Band-Aid*. – Você pode lavar a ferida com água e sabão na pia do bar.

Virgínia assim o fez. Enquanto enxugava as mãos, o velho aproximou-se dela por detrás, ficando a um fio de cabelo de distância daquelas nádegas surreais, delineadas pelo esvoaçante vestidinho curto de seda vermelho da Chapeuzinho. Envolveu-a com seus braços, pegou o dedo machucado com suas mãos e deslizou o curativo por sobre a ferida com maestria. Virgínia moveu instintivamente os quadris para trás, encaixando-se suavemente nele, por sobre os tecidos. Sentiu sua calcinha ensopar e teve o orgasmo mais exótico de sua vida.

O lobo sentiu os espasmos da lebre e afastou-se com leveza, deixando a menina mergulhada no magnífico êxtase das coisas raras.

* * *

– Por que não ficou aqui comigo? – perguntou Virgínia meio embaraçada, recuperando o foco e a força nas pernas.

O velho sentara-se de maneira relaxada na tenra poltrona de couro, e olhava para ela com certo cuidado, administrando a tentação.

– Você entenderá, quando estiver pronta.

– Que coisa foi essa?

– O prelúdio de algo inefável... *Iki*.

– *Iki*? – Virgínia não conseguia entender.

– Não pode ser explicado em palavras, está contido em um conceito muito mais amplo. A maioria das pessoas jamais alcançará sua compreensão. Mas se conseguir percebê-lo uma ou duas vezes na vida, o recordará até o fim dos seus dias.

– Uma ou duas vezes em uma vida inteira?

O velho percebeu a frustração no semblante dela. Deixou sua poltrona, sentou-se no banquinho de madeira do lado externo do balcão do bar e olhou diretamente nos olhos da beldade. Virgínia quis desviar o olhar, mas ele foi incisivo:

– Olhe para mim.

Receosa, ela obedeceu. Seus olhos queimavam os dela, mas ela sustentou-se.

– Talvez o reencontre...

– Está manipulando isso?

– Não. Sou um homem, você é uma mulher, e as cartas foram dadas há muito tempo pela Natureza. Mas *iki*, uma vez compreendido, pode ser conduzido.

– Me ensina sobre isso.

– Sua juventude a tem colocado no lado errado das convicções. Não respeita seu corpo, não dignifica sua condição de fêmea, não busca se elevar. Sua geração parece desconhecer a magia das relações pessoais. Seu "Príncipe Encantado" é um sádico que induz uma tola "Cinderela" a acompanhá-lo num restaurante caro com um plugue anal enfiado no reto. Esse tipo de atmosfera é incapaz de manifestar *iki*.

– Devo pedir desculpas por minha juventude? – irritou-se Virgínia, incomodada com a forma como o velho desqualificou *Mr. Grey*.

– A juventude cria a arrogância, e a arrogância impede a juventude de realizar-se em todo seu potencial. Os jovens tendem a ficar presos nesse circuito fechado. A juventude só é entendida quando é perdida.

– Está tentando me tirar desse circuito, por acaso?

– Estou apenas mostrando que há outro universo fora dele. Não tem que me ouvir. Cabe a você querer sair ou não. Alguns, como aquela garota no quiosque da praia, entendem rapidamente que seu lugar é no jardim; outros, a maioria, jamais sairá do porão. E não há *iki* no porão. Você pode viver no jardim, você não está irremediavelmente quebrada.

Virgínia encheu os olhos d'água.

– Cléo conheceu *iki*?

– Não. O incesto trancado no inconsciente dela destruiu qualquer possibilidade disso.

– Sei que fui eu quem começou esse jogo, por causa dela, mas eu não esperava que você fosse tão... – Virgínia acabou não achando uma palavra adequada. – Sei lá, desse jeito que você é. Você tem segredos demais.

– Todos têm.

– Por que você vai com frequência até aquela ilhota perto do litoral? – arriscou Virgínia.

O semblante do velho endureceu. Controlando o tom da voz, perguntou:

– Esteve lá?

– Não. Por acaso eu peguei o diário da minha irmã hoje e notei que havia sumido um papel que eu tinha deixado lá dentro, com as coordenadas geográficas da ilha. Aí...

– Coordenadas geográficas? – interrompeu o velho, surpreso.

– É... Bom... A gente andou espionando você de helicóptero – esclareceu Virgínia, envergonhada. – Mas, continuando, minha amiga Pat largou seus sucrilhos em cima da mesa, pela metade, o que é estranho; então eu desci até a garagem e vi que o carro dela não estava na vaga, e ela não costuma sair com o carro sem avisar. Aí resolvi vir até aqui. Resumindo, acho que ela foi até lá...

Imediatamente o velho entendeu os ruídos que haviam interrompido seu ritual e saiu em disparada porta afora.

Virgínia correu até a varanda e o viu colocar seu barco n'água e desaparecer na escuridão.

* * *

Mal amanheceu e o interfone tocou no *loft*. Virgínia atendeu receosa.

– Pode descer? – perguntou a voz gutural no portão de acesso ao edifício.

Virgínia sentiu a angústia lhe corroer e, temendo as notícias que o velho pudesse estar trazendo, achou melhor ficar onde estava.

– Eu me sentiria melhor se você subisse. Por favor.

Não era o que o velho planejara. Visivelmente desconfortável, atravessou o portão e dirigiu-se ao elevador. Ela o recebeu tremendo.

– O que aconteceu com a Pat? – perguntou aflita, esquecendo-se de convidá-lo a entrar. Plantado no hall, o velho escolheu as palavras. Mas seu estilo sem firulas não ajudou.

– Ela está na UTI.

Virgínia explodiu em choro. Em nome do costume ancestral de não adentrar a casa de alguém até que o anfitrião o permita, ele continuou onde estava.

– UTI? Como? COMO? Eu vou até lá – disse a moça soluçando.

– Não vá. Não ainda. Você precisará se preparar.

– Me preparar? Ai, não! NÃO!

– Posso? – Perguntou ele, fazendo um gesto em direção ao interior do apartamento.

– Claro... Desculpa, desculpa – repetiu Virgínia, descontrolada.

O velho entrou, viu a cozinha e, enquanto falava, foi pegar um copo d'água para ela:

– O que eu quis dizer foi que você vai precisar se acalmar – consertou.

Virgínia aceitou a água e sentou-se na *chaise longue*. O velho ajeitou-se numa das cadeiras da mesa-balcão e disse cauteloso:

– Sua amiga vai se recuperar.

– Se recuperar DE QUÊ? Droga!

– A explicação não é simples.

– CHEGA! Chega de tanto mistério, porra! Eu quero vê-la. Tô indo! – decidiu Virgínia, pegando suas coisas, entrando no elevador e rumando para o único hospital do balneário.

O velho passou o olhar lentamente pelo ambiente, e foi embora.

***

– Os folículos pilosos no couro cabeludo, que são as estruturas dérmicas que produzem pelos, foram bastante danificados; muitas das terminações nervosas da derme correm risco de comprometimento, em função de uma espécie de queimadura química; sobrancelhas, orelhas, septo nasal, lábio inferior, língua, mamilos e umbigo foram lacerados. Estamos tentando evitar um choque séptico.

Virgínia ficou olhando para a cara do médico, incapaz de absorver o que estava acontecendo.

– Doutor, me ajuda. Seja claro comigo. Fala a minha língua, por favor.

O profissional deu um suspiro profundo, contraiu os lábios para dentro da boca, levantou as sobrancelhas, balançou a cabeça para os lados e olhou para a jovem aflita.

– O cabelo foi cozido, a pele foi virada do avesso e a carne foi rasgada. Uma infecção generalizada é o maior risco agora.

Virgínia não processou realmente a informação. Ouviu o relato do médico, mas não conseguiu absorver seu sentido.

– Mas... O que pode ter feito isso com ela?! – perguntou atordoada.

– Eu nunca vi nada assim antes. É como se ela tivesse sido engolida por alguma coisa e depois vomitada, semidigerida. Nós a colocamos em coma induzido e...

A ficha caiu na cabeça da loira com o peso de uma tonelada. Sem qualquer explicação, Virgínia disparou corredor afora, deixando o doutor com a frase no ar.

Vomitada... Ele vai ter que se explicar! Esse mistério acaba hoje!

* * *

O velho abriu sua pesada porta num ângulo bastante amplo, quase 90 graus, para que Virgínia e seu furacão passassem sem incidentes.

Sob seu olhar pesaroso a loira irrompeu chalé adentro, estancando sobre o tapete berbere de lã da sala, quase esbarrando na mesinha de centro, segurando um caderno encapado com couro marrom-escuro na mão direita.

Tal qual criança levada prestes a ouvir uma reprimenda, o velho passou por ela e sentou-se no sofá retrô de couro marrom, notando a coincidência de tons entre seu móvel e o objeto que a moça apertava impacientemente.

– Este é o diário da Cléo – começou Virgínia, tentando conter-se. – Eu vou ler um trecho pra você, e, se você começar com evasivas, juro que ponho fogo nessa cabana, tá bom? – O velho, sério, limitou-se a assentir com a cabeça. Virgínia começou a leitura pausadamente: – *"Entendi que eu nunca poderia me deitar na terra dele, porque seria vomitada destroçada. Eu estraguei meu corpo por demais. Ele disse que isso acabava com tudo, antes mesmo que pudesse começar. Mas o que eu fiz, fiz por ódio do meu sangue... Sangue que agora desprezo mais ainda. Só me resta me livrar dele...".*

Antes que ela pudesse iniciar sua inquisição, o velho se levantou.

– Venha comigo. Deixe o caderno de sua irmã aqui, você pode pegá-lo quando voltarmos.

– A Pat foi "vomitada destroçada"! O quê que é isso? Minha irmã sabia? Eu EXIJO uma explicação! Aonde você vai?

– Apenas venha comigo. Deixe o caderno sobre a mesinha, ele vai molhar se levá-lo.

O velho saiu e começou a descer a falésia. Virgínia teve medo. Não sabia mais o que pensar. Deduziu que ele estava indo para a ilha. A ilha onde sua amiga havia sido mastigada... *Ah! Que se dane! Eu tenho que desvendar isso!* E pôs-se a segui-lo.

Com a habilidade dos mestres navegantes, o velho lançou ao mar seu pequeno barco artesanal de pesca, que nunca pescava. Para surpresa de Virgínia, a embarcação estava com um motor acoplado à popa, além dos remos que sempre via. *Por isso ele chegou tão rápido até a Pat...* Conforme transpunham as ondas, a sereia se agarrava como podia. Ultrapassada a zona de arrebentação, a velocidade aumentou e a viagem entrou em ritmo de cruzeiro. O vento e o barulho do motor não permitiam uma conversa, então ela teve que engolir sua ansiedade, com o sal da maresia.

Ao se aproximar do pequeno arquipélago, o velho desligou o motor e começou a remar na direção do píer da ilhota do meio. Tanto vigor e força não passaram despercebidos pelo olhar vidrado de Virgínia. Chegando ao pequeno porto, ele alinhou o barco e disse:

– Suba. Há uma trilha logo adiante. Siga-a e você chegará à entrada de uma caverna. Entre e vá em direção à claridade. Você achará uma câmara, com um pequeno lago. Espere lá.

– Não mesmo! Eu não sei o que tem aí! Não vou sozinha. Por que não quer vir?

– Eu preciso ir por outro caminho.

– Sem essa! Não vou!

– Como quiser. – O velho ficou de pé no barco, tirou toda sua roupa e mergulhou, desaparecendo no azul do oceano.

Virgínia ficou sem ar. Conforme os minutos passavam, seu desconfiômetro indicava que, caso quisesse descobrir alguma coisa, teria que fazer o que ele dissera; ali ela não tinha controle sobre nada. Subiu no píer e pôs-se a caminho. Chegou ao lago na câmara e desacreditou do que seus olhos viram. Ia soltar um sonoro "PUTA QUE PARIU!" quando o velho surgiu das águas e se pôs de pé na sua frente.

– De onde você veio? – desentendeu Virgínia, admirando a nudez dele. – Mergulhou lá do barco até aqui? *No way!*

– Faça silêncio, por favor.

A moça calou-se, constrangida.

– Sente-se ali naquelas pedras; não importa o que aconteça, não grite. Não saia correndo. E não toque em mim, em hipótese alguma. Apenas observe e espere. Você entendeu? – instruiu o velho com um tom de voz baixo e pausado. – Pode fazer isso?

– Acho... Acho que posso. Vou tentar... – sussurrou Virgínia, assustada.

O velho deitou-se sobre o tapete aveludado de líquen branco-cinza-esverdeado e começou a ser coberto pelos filamentos do organismo. À medida que aquela massa ramificada o engolia, ele gemia e grunhia baixinho, até silenciar-se totalmente. Seu corpo não mais se movia, mas aquela coisa amorfa se contorcia sobre ele, como se estivesse fermentando.

Virgínia, pela primeira vez em sua vida, experimentou o terror. Incapaz de racionalizar aquilo, desmaiou.

* * *

O fio de luz que entrava pela brecha no teto da câmara moveu-se com o cair da tarde, deslizando de sobre a superfície do pequeno lago para o rosto da sereia à sua margem. Ao tocar aquela pele bronzeada e coberta da mais macia e pueril penugem do mundo, o sol reconheceu imediatamente a deusa pela qual vinha suspirando, intensificando tanto seus raios que o calor dos fótons acabou por despertar a beldade.

Confusa, Virgínia escaneou o ambiente ao seu redor, sendo tomada de pavor ao constatar que realmente estava onde estava e vira o que vira. Não fora um delírio.

O monte branco-cinza-esverdeado se mexeu e o velho começou a se levantar lentamente. *Nãããão... Isso não tá acontecendo...* Pasma, a moça testemunhou a coisa escorrer pelo corpo perfeito do velho e voltar a repousar no solo, como se fosse uma rama qualquer.

Virgínia recolheu toda a coragem que possuía e se aproximou. Ele resplandecia; naquele momento, sua pele e músculos exalavam tanta virilidade que ela julgou estar diante da encarnação de Apolo. Esquecendo-se das instruções que ele dera, esticou a mão direita para tocá-lo, mas assim que deu um passo para frente, pisou em várias peças de metal espalhadas no chão, ensanguentadas.

– Os *piercings* da Pat!

O velho baixou o olhar. – Encontre-me no barco. – Saltando para dentro da lagoa cristalina, desapareceu sob as águas. Virgínia agachou-se, pegou os adereços da amiga, deu uma última olhada naquele lugar transcendental e rumou para o píer.

Na embarcação, o velho já esperava por ela, vestido e sentado entre os remos. Virgínia se ajeitou sem dizer qualquer palavra, e ele se pôs a remar. O sol, ciumento, os seguiu o quanto pôde. Mas morreu no horizonte...

** * **

– Sou toda ouvidos – anunciou Virgínia assim que pisou no chalé de cumaru. Enquanto ela pegava o diário de Cléo de cima da mesinha de centro da sala, o velho dirigiu-se ao minibar.

– Aceita uma bebida? Rum?

– Zacapa? – disse ela aproximando-se. – Não posso recusar... Mas não vá achando que vou apagar de novo. O que foi que eu vi?

– O que foi que viu nas fotografias que estavam no envelope aqui no bar?

Virgínia perdeu o chão.

– Quê envelope? – balbuciou.

– Eu havia colocado o Pingus na frente e o Pêra-Manca no fundo. A primeira safra é rara e tentações não devem ficar à vista. Você guardou as garrafas invertidas. E embaralhou as fotografias.

Envergonhada, a espiã justificou-se:

– Desculpa. Eu só estava xeretando na sua adega. Sou curiosa com vinhos e quis conferir os rótulos. O envelope praticamente pulou em mim.

– Entendeu o que viu?

– Não pode ser o que penso que é. Quer dizer... Não podia ser... Agora não sei mais.

– O que pensa que é?

– Você, em 1921, no Marrocos, com uniforme militar. Mas não pode ser você. A pessoa naquela foto tinha uns cinquenta anos. Se fosse você mesmo, você teria que ter hoje...

– Cento e cinquenta anos. Eu nasci em 1871.

– Não. Esquece, não vai me pegar nessa. Eu me recuso. É um avô seu, do qual você é muito parecido – negou Virgínia.

O velho agachou-se, abriu a portinhola na base interna do bar, pegou o envelope e espalhou várias fotografias em preto e branco sobre o balcão.

– Está vendo este menino marroquino? – perguntou, apontando o dedo para a carcomida fotografia de uma criança com vestimenta berbere cercada por homens uniformizados.

– Sim. Seu avô parece estar protegendo-o.

– Os homens da minha unidade queriam prendê-lo; acharam que ele havia furtado um rifle Mauser. Ele era jovem demais para ser executado. Eu o liberei, mas não sei dizer exatamente porque fiz isso. Esse ato passou a me perseguir...

A tensão foi tomando conta de Virgínia. Ele não parecia estar brincando; pegou uma fotografia amarelada que mostrava corpos espalhados num campo e a colocou nas mãos dela, dizendo com pesar:

– Eu fui oficial do exército espanhol no Marrocos, quando o país estava sendo dividido em protetorados da Espanha e da França. Os cadáveres nesta foto são de espanhóis massacrados pelos berberes. Eu deveria ter sido um deles.

Virgínia manteve-se em silêncio, olhando para a triste cena na fotografia, lutando com si mesma para admitir a veracidade daquilo tudo.

– Nosso acampamento foi atacado e destruído pelas tribos – continuou ele. – Eu fugi para além dos campos, rumo a uma região de desfiladeiros. O caminho que tomei era uma sentença de morte; um precipício era tudo que eu encontraria. Eu não sabia. Mas de entre as árvores vermelho-púrpura da floresta, aquele menino apareceu. Ao invés de me delatar para os seus, ele apenas apontou a direção que eu deveria seguir. Deixei-lhe minha faixa rubra, trabalhada em ouro, e nunca mais o vi. Decidi naquele instante que abandonaria minha vida bélica. Consegui chegar à costa e entrei disfarçado num navio que saía de Melilha para Málaga. De lá fui para Portugal.

Virgínia parecia pausada, em suspensão. O velho prosseguiu:

– Depois de um tempo, deixei Faro, no Algarve, e embarquei num navio para Montevidéu, no Uruguai. Mas uma tempestade tirou a embarcação do curso e o barco naufragou próximo às ilhotas que você conheceu. Quando eu recobrei a consciência, estava na câmara da caverna, às margens da lagoa, coberto por aquele líquen estranho, mas me sentindo como se tivesse 20 anos de novo.

– Você tá dizendo que topou... tipo... com uma fonte da juventude? – desacreditou.

– Não, não é uma fonte da juventude; nem sequer é místico.

– É alienígena!? Eu sabia! O universo é muito imenso (sic) pra só existir a gente. De onde aquela coisa é? – extrapolou Virgínia, empolgada.

– Não é alienígena. É apenas a Natureza, incompreendida – decretou, observando a cara de frustração da moça.

– Aquilo não é normal. Não começa com evasivas, essa cabana de madeira vai queimar que é uma beleza!

– Não há mistério na vida, há somente nossa ignorância. Sinto decepcioná-la. Seu dia foi extenuante; amanhã podemos voltar à ilha, e você compreenderá tudo. Por enquanto, vá dormir – disse ele dirigindo-se à porta.

Virgínia terminou seu rum em um só gole. Deixou a fotografia sobre o balcão e, não tendo alternativa, rumou para a saída, levando o diário.

Dormir de que jeito?

* * *

Sentado no banco de tronco de sua varanda, o velho observava a radiante figura feminina na orla. Ela acordara cedo. Ou não dormira...

Diante do abanar frenético dos braços de Virgínia na praia, o velho viu-se obrigado a renunciar à introspecção de seu café, ainda quente.

– Anda logo! Minha amiga está na UTI, você é a pessoa mais velha do universo e a maior descoberta da história tá numa caverna logo ali. Como acha que eu poderia ter conseguido dormir?

O velho não apertou o passo na areia. Seguiu imperturbado até o barco.

– Bom dia.

Virgínia enrubesceu. Lembrou-se na hora da observação que ele havia feito na noite em que admitira ter conhecido Cléo: *"Educação não é o forte dos jovens." Droga!*

– Bom dia – retribuiu constrangida.

Antes mesmo que a moça pudesse pensar em começar a tagarelar de novo, o barquinho estava na água, a caminho da ilha da fantasia.

Próximo ao arquipélago o velho repetiu o procedimento de desligar o motor e pegou os remos.

– Por que não usa o motor para chegar até o porto? – perguntou ela, curiosa.

– Faz barulho; perturba o equilíbrio do ambiente. Nunca uso, só em circunstâncias extremas.

– Como esta?

– É. Como esta.

Alinhando o barco ao píer, ele amarrou a embarcação e, de um salto, subiu na plataforma. De lá, pediu a Virgínia que molhasse as mãos na água antes de subir. Sem entender o porquê, ela o fez.

– Você não vai mergulhar desta vez?

– Não.

Droga! Não vai ficar pelado...

O velho rumou para a caverna, seguido de perto pela exploradora. Chegando próximo à câmara da lagoa, começou a reduzir seus movimentos. Seus passos ficaram mais compassados, sua respiração ficou mais lenta e seu ritmo mais harmônico. Virgínia percebeu, e entendeu que era preciso sintonizar com a atmosfera do lugar.

– Sente-se ao meu lado, devagar. Não precisa elevar a voz, a câmara vibra em 432 hertz. Ajuste-se – disse ele calmamente, sentando-se ao lado do aveludado tapete branco-cinza-esverdeado. Ela obedeceu.

– É a frequência do universo?

– Não. O universo vibra em 8 hertz. Aqui reina o mundo natural. Me dê sua mão.

Receosa, Virgínia estendeu na direção dele a mão direita, cujo dedo indicador havia cortado na aldrava. Ele a pegou com extrema suavidade e a pousou sobre o líquen. O organismo começou a envolvê-la e ela sentiu um formigamento, seguido de um calor interno. Percebendo sua aflição, o velho disse tranquilo:

– Sua mão está quente por dentro, mas a superfície está úmida e fresca. É estranho mesmo. Fique assim por enquanto.

– O que é isso?

– Chama-se *micélio*. Quando está na superfície, como este, é chamado de micélio aéreo. Basicamente é uma massa ramificada de filamentos de fungos.

– Tá brincando? Fungos? Tipo bolor? Mofo? – surpreendeu-se Virgínia, segurando o tom de voz.

– Eu disse a você que não havia mistério. Os fungos são um reino à parte na Natureza. Ainda não se sabe muito sobre eles. Não são animais, nem vegetais e nem mesmo são bactérias, mas estão envolvidos em boa parte dos processos bioquímicos deste planeta. Cerveja, fermento, penicilina... Todos provêm de fungos. Eles têm propriedades antivirais e antibacterianas, são capazes de limpar resíduos tóxicos, ajudam as plantas na absorção de água e nutrientes do meio ambiente e praticamente podem controlar todo um ecossistema. Um micélio de floresta na América, em Oregon, tem quase dez milhões de metros quadrados, e estima-se que tenha dois mil e duzentos anos de idade. É um dos maiores organismos do mundo.

A essa altura, Virgínia já estava passada, dobrada e guardada.

– Uma esponja do mar pode ser estraçalhada, mas ainda assim consegue se regenerar, a partir de conjuntos celulares mínimos. Mas este organismo aqui, especificamente, é único, pois regenera conjuntos celulares de outras criaturas – disse o velho pegando o braço de Virgínia, cuja mão estava no líquen, e levantando-o.

Nenhuma manicure do mundo poderia ter feito aquilo; a pele parecia seda e as unhas estavam brilhantes e fortes. Não havia vestígio do corte no dedo, o *Band-Aid* estava no chão e o esmalte carmim fora totalmente removido.

– Por que meu esmalte sumiu?

– O corante carmim não pertence ao seu microbioma, é uma substância extraída de um inseto chamado cochonilha. Matam setenta mil deles para obter quinhentos gramas de corante.

– Como pode saber disso?

– Estudo paleobiologia há quase cem anos, antes mesmo que essa ciência fosse criada.

Virgínia tonteou por um momento, até começar a ligar os pontos.

– Então... Se tudo que for artificial no meu corpo for rejeitado... O que aconteceria se eu me deitasse aqui, como você fez? – perguntou, já sabendo a resposta em seu íntimo.

O velho sopesou o grau de sinceridade que usaria. Mas ele não era muito bom em floreios:

– O que acha que aconteceria com a toxina botulínica, o silicone e a amônia que estão no seu corpo? E com todas as substâncias químicas sintéticas que estão na sua pele? Suas tatuagens foram feitas com coisas desenvolvidas para encher cartuchos de impressora e pintar automóveis. Você viu sua amiga. Com você não seria diferente.

Virgínia amuou.

"Por que ofende o seu corpo dessa forma? É sua morada. Tudo o que faz com ele traz consequência."

Lembrou-se da implicância dele na praia, e de que havia ficado aborrecida.

Agora entendia o motivo.

Como Cléo, ela também estava irremediavelmente quebrada.

Mas ele disse que eu poderia viver no jardim...

A porta para a juventude eterna, qualquer que fosse a explicação, estava ali, à sua frente. E, tal qual sua irmã, ela não poderia se beneficiar.

Mas diferentemente de Cléo, cuja degradação tinha justificativa, Virgínia seria cuspida pela Natureza apenas por sua futilidade, como Patrícia o fora por sua ingenuidade. *Estou confusa...*

– Coloque sua mão na lagoa por alguns minutos – disse ele, tirando-a de sua introspecção.

– Por quê? – perguntou ela, obedecendo.

– Por alguma razão, este micélio reage à composição química desta água. A lagoa é um cenote de água doce, cuja nascente está próxima ao píer, no fundo do mar. Molhar-se no cenote antes e depois de interagir com o organismo faz com que a reparação celular seja completa. É por isso que fui praticamente ressuscitado no dia do naufrágio; as correntes marítimas me jogaram para dentro do sistema de cavernas submersas, abaixo da ilha, que se conecta a esta lagoa, e eu acabei na margem, ao alcance dos filamentos do organismo.

– Há outros lugares como este no mundo?

– Não creio. Eu o pesquiso desde que percebi o que fazia; seu equilíbrio é tão frágil e complexo que ainda não o compreendo totalmente.

– Compartilhou isso com mais alguém?

O velho calou-se, e sua face exprimiu uma melancolia profunda.

– Trouxe a Cléo aqui?

Ele hesitou.

– Venha, temos que ir – disse, levantando-se subitamente.

Contrariada, Virgínia tirou sua mão de dentro da lagoa e admirou-se com a vivacidade que exibia. Comparou com a outra e ficou perplexa com a diferença.

Minha nossa! Esse troço faz milagres!

* * *

– Suba comigo.

Para surpresa de Virgínia, o velho concordou. No elevador eles ficaram se olhando, e ela foi tomada por uma sensação intensa e estranha. Sentiu-se como uma presa indefesa diante de um predador implacável. Um misto de tensão e fascínio começou a transbordar por seus poros.

Entraram em silêncio no *loft*, e ele sentou-se na *chaise longue* Le Corbusier. Ela deu a volta no móvel e, com um gesto de mão, conduziu seu corpo em direção ao encosto, de modo que ele se moldou aos contornos sinuosos da poltrona. Desejando mostrar que também sabia criar um clima, a loira pegou o controle remoto de seu *home theater* e apertou *play*, confiante em sua nova *playlist*. Enquanto sentava-se num *pouf* por detrás da *chaise* e começava uma massagem nos ombros do velho, um sussurro ininteligível adentrou a ampla sala, subindo pelo pé-direito de quatro metros e escapando pelas aberturas das enormes janelas basculantes de ventilação.

Com uma das mãos pousada no firme torso dele, sentindo seu calor, Virgínia tateava com a outra mão o controle remoto, tentando aumentar o vo-

lume da inaudível trilha sonora de que seus senti-
dos tanto precisavam...

♫

And if I show you my dark side

Will you still hold me tonight?

♫

Ao conseguir ouvir o verso, o velho saltou da
poltrona como se tivesse levado um choque.

♫

And if I open my heart to you

And show you my weak side

What would you do?

♫

Virgínia empalideceu assim que caiu em si:
era Roger Waters, remoendo as dores do mundo; e
era também o diário de Cléo, suicidando-se: *"E se eu
te mostrar meu lado negro, você ainda vai me abraçar esta
noite? E se eu abrir meu coração para você, e te mostrar
meu lado fraco, o que você faria?"*.

Dentre as centenas de músicas carregadas no
aparelho; dentre todas as opções do algoritmo do
player no modo *shuffle*, o universo achara de selecio-
nar justamente aquela: *The Final Cut. Pink Floyd*.

– Nos vemos depois.

Muda, debaixo da guitarra de David Gilmour, Virgínia ficou olhando ele sair.

♫

I held the blade in trembling hands

Prepared to make it but just then the phone rang

I never had the nerve to make the final cut...

♫

* * *

Virgínia já estava na metade da segunda garrafa de *Blue Label*. Tinha ligado para os pais de Pat e avisado que ela havia sofrido um acidente, e que estava se recuperando no hospital.

"É algo com que devemos nos preocupar, querida? Nós estamos num navio, no meio do nosso cruzeiro anual, você sabe."

Virgínia sabia.

Que merdas de pais. Os dela, os meus... Ninguém liga pra ninguém. Tudo se resume a satisfazer todos os desejos que se puder, mais e mais e mais, sem parar...

Como já havia bebido bastante, desistiu de ir até o hospital e resolveu ligar para saber mais notícias diretamente com o médico.

– Doutor, como está a Patrícia?

– Ela está se recuperando bem, em breve irá para o quarto. Nós avisaremos.

– Obrigada. – Virgínia já ia desligar quando se lembrou de algo básico: – Ah! Doutor, eu ia me esquecendo... Eu assumo todas as despesas com o tratamento, ok?

– Não se preocupe com isso, todas as despesas já estão cobertas. Em nome dela foi feito um depósito na conta do hospital, em dinheiro, mais que suficiente para cobrir os procedimentos. Até logo.

A segunda garrafa foi esvaziada com apatia. Encaixada na *chaise*, exausta, a criança dormiu, profundamente.

* * *

Dois dias se passaram. O velho até esperava que ela fosse aparecer antes (no dia seguinte mesmo). Surpreendentemente, a impulsiva jovem parecia estar mais ponderada.

– Vamos falar da Cléo.

Virgínia refletira profundamente. Era hora de esclarecer, de uma vez por todas, os detalhes do que se passara com sua irmã.

– Venha até a varanda. Aceita um café? – disse ele mostrando a xícara em sua mão.

– Não, obrigada – respondeu ela, atravessando a sala.

Ao chegar à varanda, sentiu o perfume das flores do álisso no canteiro lateral. De duas discretas caixas de som fixadas acima do banco de madeira rústico, uma melodia começara a irradiar-se para além do guarda-corpo de cumaru, fundindo-se à brisa leve que vinha do oceano e tornando a atmosfera transcendental.

O cheiro do café mesclou-se ao das flores-de-mel quando o velho chegou e sentou-se no banco de tronco, convidando-a com um gesto a acompanhá-lo. Enquanto ele soprava seu café para resfriá-lo um pouco, ela sentou-se ao seu lado. Ela ameaçou dizer algo, mas ele a deteve, pousando levemente seu dedo indicador nos grossos lábios dela.

– Ouça.

♪

Os instrumentos na música foram se apresentando cordialmente, como refinados cavalheiros cortejando belas damas num salão de baile vitoriano. A elegância dos acordes começou a atravessar as barreiras físicas, induzindo-os a um estado mental superior...

♫

Quando a música cessou, Virgínia tinha lágrimas nos olhos.

– Lindo! Lindo! O solo final do trompete é divino!

O velho corrigiu:

– Não é um trompete, é uma corneta.

Ela trucou:

– Corneta? Não, é muito sofisticado pra ser uma corneta... Corneta é coisa de quartel!

Ele riu-se, e explicou:

– A de quartel é uma corneta lisa. Na verdade, as cornetas são muito semelhantes aos trompetes, mas possuem uma sonoridade mais melódica. Você não errou de todo. Os trompetes modernos permitem tocar as mesmas notas da corneta.

– Incrível. Que música é essa?

O riso sumiu da face do velho como o sol some diante de uma *cumulonimbus*.

– A última música que sua irmã ouviu em vida.

Virgínia levantou-se e caminhou lentamente até o guarda-corpo. Seu olhar fixou-se no padrão das ondas, como que necessitando apoiar-se em algo constante, inexorável. Lógico.

– Como você sabe disso? Estava com ela quando aconteceu? E deixou acontecer...?

Ela virou-se e encarou-o. Havia fogo em seus olhos agora.

– Suicidas mandam recados quando se imolam. Ela estava jogando com isso, como numa roleta russa.

– Como pode achar que a entendia? Você nem sabia o nome dela... – Sua voz embargou e ela voltou-se novamente para o mar.

– Eu perguntei qual era o nome dela. Ela respondeu: *"me chame de Filha"*. Naquele instante eu a entendi por completo.

Virgínia foi lentamente escorregando até sentar no deque de cumaru. Com uma dor quase sólida, perguntou:

– Ela quis saber seu nome?

– Quis.

– E que nome você se deu para ela? Pescador? Velho?

– Disse que, se ela quisesse, poderia me chamar de Pai.

Virgínia desmanchou-se em lágrimas e soluços sobre o deque.

Em respeito ao sofrimento dela, ele sentou-se no chão também, e acolheu sua cabeça no colo.

* * *

– Como foi que aconteceu?

Olhando para o terraço do *loft*, com os cabelos afagados pela pesada mão do velho, Virgínia estava numa espécie de torpor.

– Quando ouviu *The Final Cut* pela primeira vez, ela disse que era o fundo musical perfeito para dançar agarradinha com seus demônios... – disse ele amargurado. – É preciso que entenda uma coisa – continuou. – Suicidas não querem morrer. Querem que a dor cesse. No caso dela, o punhal que a feriu era forjado com lascívia, traição, mentira e perversidade. Uma liga indestrutível para uma menina sensível e inteligente. Ela estava gritando por ajuda. Eu a evitei por um bom tempo, mas acabei deixando uma brecha, por onde ela entrou.

Observada pelo terraço vazio do *loft*, Virgínia ouvia atentamente. Ele prosseguiu:

– A única coisa que poderia, talvez, conter a necrose da ferida espiritual que a consumia, seria tentar fazê-la vivenciar uma experiência o mais próxima possível de um amor filial. E foi nisso que me concentrei: ser o pai que ela nunca teve. Para isso estabeleci a confiança como base da minha interação. Por um tempo, ela pareceu serenar. Cheguei até a lhe dar conselhos sobre um ou outro namoradinho que arranjava. Mas como você bem disse, eu carrego segredos demais. E segredos são incompatíveis com confiança.

– Levou Cléo à ilha?

– A certa altura, não havia mais como evitar. Eu expliquei a ela que o processo do organismo para regenerar outro microbioma implicava num expurgo químico que poderia ser fatal. Ela ficou bastante contrariada. Até que, uma vez, chegamos à ilha no meio da tarde. Quando meu ritual terminou já era noite, e havia uma enorme lua cheia no céu, tão brilhante que a fascinou. Então ela decidiu-se, irredutível: colocaria o pé no líquen. A tatuagem...

– O beija-flor – interrompeu Virgínia, atenta.

– É... O beija-flor. Começou a dissolver-se como bicarbonato de sódio na água. Ela retirou imediatamente o pé e o mergulhou na lagoa, a tempo de evitar que a pele fosse arrancada. Mas isso a afetou profundamente.

– Como?

– Ela percebeu que as coisas que havia feito com seu corpo para ofender seus pais eram irreversíveis, estavam impregnadas nela. Concluiu que eles a haviam matado duas vezes. E prometeu que sua terceira morte seria derradeira. Em minha tentativa de salvá-la, acabei por piorar tudo.

O velho olhou na direção do terraço, como que revendo a cena, e baixou a cabeça.

– Um dia eu ouvi *The Final Cut* tocando muito alto. O som vinha do apartamento. Temi que ela pudesse ter feito algo e estivesse mandando um recado através da música. Eu ia descer, mas ela surgiu no terraço e me abanou a mão. Passou a fazer isso com certa frequência. Eu lhe disse várias vezes que estava ficando preocupado, porque ela andava dançando muito com seus demônios. Certa vez, ela cantarolou: *"I never had the nerve to make the final cut..."*, e disse que quando a dor se tornasse insuportável, eu saberia. Mas eu não soube.

– Por quê?

– Música se tornou algo muito importante na minha vida. É a única coisa que me faz esquecer as guerras em que estive. Ela usou isso. No dia em que se matou ela havia voltado a ouvir a angústia do vocalista do *Pink Floyd*, e a repetir a provocação de aparecer no terraço e me acenar. Mas daí entrou, trocou a música e não saiu mais. A melodia instrumental que você ouviu ficou tocando sem parar, na função *repeat* do aparelho. Essa era a roleta russa dela: eu entenderia o recado, e a socorreria; ou não. Demorei a perceber que ela codificara toda sua dor naquela música. A ambulância não chegou a tempo.

– Me fale da música. Por que essa?

O velho suspirou profundamente, seus olhos marejaram e sua voz rouca quase falhou.

– É o guitarrista do *Floyd* expressando o sentimento de angústia à sua maneira. A versão que ela gostava, e que você ouviu, foi gravada ao vivo no *Royal Albert Hall* com o músico Robert Wyatt, que tocou a corneta, num concerto chamado *Remember That Night*. A versão original está no álbum *On An Island*. Gilmour a chamou *"Then I Close My Eyes"*.

Remember that night, on an island. Then I close my eyes.

Virgínia entendeu.

Lembre-se daquela noite, em uma ilha. Então eu fecho meus olhos...

*   *   *

– (...) E é isso.

Pat, cheia de ataduras e gases, ficou olhando boquiaberta para Virgínia.

– "Fento e finqenta ano"?

Virgínia riu, não conseguindo evitar.

– Tira o ovo da boca pra falar, Pat.

– "Fai à berda"! – Tentou rir, mas um esparadrapo no lábio inferior atrapalhou. A língua inchada dentro da boca também não colaborou.

Virgínia pegou em sua bolsa a fotografia que o velho lhe havia emprestado em confiança.

– Olha.

Se não estivesse tão remendada, Patrícia teria dado um pulo na cama do hospital.

– É ele no Marrocos, em 1921. Com cinquenta anos.

– "Fi, fudo ifo é baluco"!

– Tudo que te contei é a mais pura verdade. Mas – disse Virgínia tirando a fotografia das mãos de Patrícia -, ninguém mais pode saber ok? Tchau, tchau. Eu volto amanhã pra te ver.

Satisfeita por constatar que sua amiga estava se recuperando e que iria ficar bem, a loira sentiu-se leve como o ar.

Uma sensação de poder a invadiu subitamente. O poder de uma compreensão maior das coisas. De repente tudo parecia possível simplesmente porque tudo era realmente possível.

"Não há mistério na vida, há somente nossa ignorância."

E isso era libertador.

* * *

A tarde estava quente e a segunda-feira maltratava seus criados com seu rigor têxtil. Mas não Virgínia. Sem calcinha, adornada apenas com um vestido *MIA* em viscose, de cores suaves como as de um arco-íris esmaecendo após um chuvisco de verão, a garota subiu a falésia, mal-intencionada.

Talvez porque estivesse calor, e ele tencionasse ventilar a casa; ou talvez porque ele desejasse que ela viesse; ou, simplesmente, porque talvez o universo assim quisesse; o fato é que, quando ela chegou, as portas estavam abertas, e ele jazia nu no sofá de couro marrom.

A luz do sol refletida na cabana revelou a silhueta de Virgínia despida dentro do delicado vestido. Diante do poder de sedução da inesperada transparência, o velho tornou-se uma rocha. Ela se aproximou, puxou o vestido até a altura dos quadris e encaixou-se nele com tamanha precisão que imediatamente uma descarga elétrica percorreu todo seu corpo. No exato momento em que seus músculos começaram a fibrilar, sentiu-o derramar-se dentro de si, e desfaleceu.

* * *

– Isso foi *iki*?

O velho assentiu com a cabeça.

– Então... não experimentarei mais esse êxtase de novo?

– Desta forma, comigo não mais.

– Por quê?

– No âmbito da sedução *iki* ocupa, entre dois sexos, o intervalo que se interpõe entre o primeiro encontro e a união perfeita. Uma vez aplacada a tensão erótica, *iki* também se extingue.

– Disse que *iki* não poderia ser manipulado, mas poderia ser conduzido. Fez isso?

– Quando senti que a tensão ideal, discreta e elegante, estava se manifestando, não pude permitir que se dissipasse. Digamos que apenas a deixei acumular-se.

– É tão rara assim?

– O valor das coisas é determinado por sua raridade. Você fará sexo dez mil vezes em sua vida, e terá prazer. Mas posso garantir: ao olhar para trás, você não se lembrará de noventa e nove por cento das experiências que teve. Só as coisas especiais ficam na memória. Não faça nada por fazer, faça só o que for digno de ser feito. Viva no jardim, não no porão. Eu me deparei com o conceito *iki* quando viajei pelo Japão em busca de conhecimento ancestral. *Iki* é um conceito muito oriental. Os ocidentais têm dificuldade para compreender as sutilezas das manifestações humanas.

– Você deve ter muitas memórias.

– Há um renomado escritor australiano, o Professor Christopher Clark, que, quando escreveu seu livro *Os Sonâmbulos*, sobre a primeira guerra mundial, dedicou-o aos seus filhos *"na esperança de que nunca conheçam a guerra"*. Sábias palavras. As lembranças das batalhas que travei se encarregam de assassinar tudo em minha mente. Pouca coisa sobrevive.

Aninhada em seu peito, Virgínia ouvia o coração do velho bater com força, e sentia a tristeza em sua voz. Ele continuou:

– Quando aquele menino berbere me salvou, eu entendi a essência da vida. Ele não viu em mim o que eu representava: o inimigo. Ele viu apenas o homem que o havia ajudado antes, e retribuiu. O fez porque agiu seguindo somente o tribunal de sua própria consciência, independente do que sua tribo pudesse pensar de seu ato. Todo o tempo em que estive no Marrocos cometendo atrocidades, eu me justificava por estar agindo em nome do império espanhol, por ordem do *Rei Alfonso XIII*, meu amigo. Quando Sua Majestade recebeu a notícia de que nós fôramos massacrados nas montanhas, e que eu estava desaparecido, ele sequer interrompeu seu jogo de golfe e declarou: "Carne de frango é barata". Jamais pense pela cabeça dos outros, Virgínia. Sempre, sempre, pense por si mesma.

"Rebanhos existem para serem imolados." Virgínia repassava na mente os conselhos que ele dera em suas conversas. Tudo fazia sentido agora, tudo tinha uma razão para ser como era. Ela jamais deitaria na cama da ignorância outra vez.

– Você é um homem de caráter.

– Não, não sou. Eu já fui o pior ser humano da face da terra. Há uma besta em mim, que eu mantenho enjaulada a duras penas.

– Disse bem: foi o pior; não é mais. Você tentou ajudar a Cléo. Pagou o tratamento da Patrícia...

– Os estudos que fiz do organismo geraram patentes farmacêuticas. Eu sou um homem muito rico, mas não salvei sua irmã e sua amiga quase morreu. Estou cansado do meu fardo. Estou cansado de ser "sazonal" para proteger meu segredo.

– Então o revele.

– Se o fizer, o habitat da caverna será destruído. Aquele lugar é uma anomalia extraordinariamente rara. A probabilidade das características que o distinguem se repetirem é praticamente nula. Mas há um motivo maior para que ele permaneça oculto.

– Qual?

– Nada deve viver eternamente. O que faz a vida ser preciosa é o fato de ser fugaz. Na minha viagem pelo Japão, pedi a um barco pesqueiro que me levasse à ilha de Miyajima, no Mar de Seto. Eu queria visitar os templos que existem lá. Durante o trajeto, percebi que os pescadores colocavam um pequeno tubarão no tanque de armazenamento dos pescados. Perguntei o motivo e eles explicaram que, sem o perigo constante representado pelo tubarão, os peixes chegavam vivos e frescos nos portos, mas seu sabor era insosso. É a possibilidade de não viver o amanhã que faz o hoje ter valor. Este é o motivo pelo qual sua irmã conseguiu me acessar e, por consequência, você.

– Não entendi.

– Todo ser vivo começa a morrer assim que nasce. O ciclo de vida biológico é uma sucessão de descarte e reposição de tecidos. O que aquele micélio faz é restaurar as propriedades regenerativas do corpo, dando-lhe uma longevidade extraordinária. No início, a reparação celular realizada pelo organismo durava anos. Era como se eu permanecesse preservado. Mas aos poucos essa reparação foi durando cada vez menos, fazendo com que eu tivesse que me submeter ao processo em intervalos cada vez menores de tempo. Hoje eu preciso me deitar no líquen a cada quinze dias, ou começo a sentir a decrepitude.

    – Está dizendo que vai morrer? – perguntou Virgínia assustada, desalojando-se do peito dele.

    – Estou – respondeu ele sem cerimônia. – Está claro que o organismo identificou que vem reparando o mesmo microbioma sempre. Ao que parece, o processo ficou "viciado" para mim. Em breve, ele não me fará mais efeito.

* * *

Uma mão enrugada pousou trêmula no barrigão de Virgínia. Ela pôs sua própria mão em cima e praticamente gritou:

– TÁ SENTINDO? TÁ CHUTANDO!

Ficou em dúvida se a surdez o impedira de ouvir, mas a boca murcha riu acanhada, indicando que ele havia entendido. Não restaram dentes para uma risada solta.

Grávida de sete meses, Virgínia olhava para seu velho Velho. Fazia um mês que a regeneração celular cessara, e as dez décadas represadas haviam começado a desabar rapidamente sobre ele.

Levantou-se desajeitada, segurando as costas com uma mão e a barriga com a outra, e caminhou até o bar de madeira como um pêndulo, o que fez com que o velho se esforçasse para fazer uma piada:

– Entrou uma pata aqui. De onde veio?

– Tudo bem, velhinho, vai tirando sarro que eu te deixo de fora da degustação – brincou ela.

– Hein?

Enfileirados no balcão do bar estavam: Sua Majestade, o Château Lafite Rothschild; o *pop star* Opus One 2013; o conterrâneo Pingus 1995 e o raro Pêra-Manca 1990.

– ENTÃO, QUAL VAI SER?

– Acho que um conterrâneo seria mais apropriado como último desejo de um homem – escolheu melancolicamente o velho.

– 1995 é o ano do meu nascimento. Só pode ter sido um bom ano para vinho. Excelente escolha! – aprovou Virgínia.

– Hein?

Ela abriu a garrafa do espanhol Pingus e fez todo o cerimonial dos *sommeliers*. Sentou-se ao lado dele no sofá de couro marrom e brindou:

– À CLÉO.

Tintim.

Com os olhos fechados, o velho ficou um longo tempo apreciando o vinho. Depois, falou pausadamente, olhando para a bela jovem:

– *Iki* é a essência dos prazeres sutis, como este. É também a aura carregada de erotismo, na cumplicidade discreta e elegante dos amantes. Mas *iki* é principalmente a beleza na natureza dos seres humanos, suas manifestações refinadas e sublimes. E nada é mais sublime que a espontaneidade das risadas de uma criança. Quando nosso filho te presentear com seu *iki*, abra o Pêra-Manca. À minha memória.

Virgínia encheu os olhos d'água, enquanto o velho concluía sua recomendação:

– E, quando achar que nunca mais experimentará *iki*, abra o Château Lafite Rothschild.

Antes de dar seu último suspiro, ele colocou a mão na barriga dela e disse:

– Talvez haja algum mistério na vida, afinal...

EPÍLOGO

"Fica longe dele, por favor. Eu te imploro, não vai atrás de nada. Ele vai te destruir também..."

– Vi... Enterra isso.

– Tia Pat! Me ensina a surfar?

– Ôpa! Só se for agora!

– Ôba! Tchau mamãe!

Patrícia seguiu o esperto moleque em direção ao elevador, dando uma última olhada para a amiga antes de descer.

Cinco anos... Como ele cresceu!

O velho havia comprado as ilhotas e as doado a uma fundação de preservação ambiental. O organismo estava protegido como reserva marinha.

No último inverno, Virgínia fora até a cabana e abrira o vinho português, depois de haver se desmanchado debaixo das cobertas, numa sessão de cosquinhas com seu filho.

Olhou para o diário de Cléo pousado sobre a mesinha de apoio da *chaise longue*.

Enterrar isso... Eu não posso Pat. Eu não posso...

Aproximou-se de seu *home theater*, e apertou *play*. O aparelho embaralhou a *playlist*, como faria um *croupier* com um baralho.

Virgínia deitou-se na *chaise* e aceitou a oferta de seu *player*.

♫

Eu quero crer na solução

dos evangelhos

Obrigando os nossos moços

ao poder dos nossos velhos

♫

A voz de Simone derramou "Cordilheira" no ar. Poesia amarga e ambígua, como a vida.

♫

Eu quero apenas ser cruel

naturalmente

Descobrir onde o mal nasce

e destruir sua semente

♫

Para Virgínia, estava claro: ela tinha que fazer o que tinha que ser feito...

O suntuoso portão da mansão se abriu e um mordomo veio recebê-la à porta. Com cortesia, convidou-a a entrar.

Virgínia aguardou no hall até que a pessoa que procurava surgisse.

– Olá, papai. Precisamos conversar...

REFERÊNCIAS

Abertura *Os outros enxergam a velhice que se esconde em nós.* Drummond de Andrade, Carlos. O avesso das coisas. Rio de Janeiro: Record, 1987.

12 *Que se partiu, cristal não era.* Trecho do poema "Procura da poesia". Drummond de Andrade, Carlos. A rosa do povo. Rio de Janeiro: 1ª ed., José Olympio, 1945.

18 *Aproximo-me do precipício e meu olhar procura a mim mesmo lá no fundo.* Sartre, Jean-Paul. O ser e o nada – Ensaio de ontologia fenomenológica. Rio de Janeiro: 13ª ed., Vozes, 1997.

21 *Santiago* Personagem do livro "O Velho e o Mar". Hemingway, Ernest. 1952.

35 *How does it feel...* New Order. Blue Monday. Single. Factory Records, 1983.

41 *Cinderela* Personagem de contos de fadas e de animações da Disney.

42 *O Mago tentou fixar-se apenas em sua aura, mas era um homem – e um homem olha o corpo de uma mulher.* Coelho, Paulo. Brida. Rio de Janeiro: 79ª ed., Rocco, 1990.

49   *Well my heart's in The Highlands...* Bob Dylan. Highlands. Time Out of Mind. Columbia. 1997.

80   *Brigando horas a fio...* Djavan. Faltando um Pedaço. Seduzir. EMI Brasil. 1981.

85   *E traz, toda a paz, que um dia o desejo levou...* Djavan. Esquinas. Lilás. CBS. 1984.

87   *Quero toda sua pouca castidade...* Ivan Lins. Vitoriosa. Ivan Lins. Som Livre. 1986.

90   *Meta e dança, vai...* Ludmilla. Invocada. Hello Mundo. Warner. 2019.

105   *Nada do que posso me alucina...* Simone. Jura Secreta. Face a Face. Odeon. 1977.

110   *Mr. Grey* Christian Grey: personagem do livro "Cinquenta Tons de Cinza". E. L. James. 2011.

138   *And if I show you my dark side...* Pink Floyd. The Final Cut. The Final Cut. Columbia. 1983.

155   *No âmbito da sedução iki ocupa...* Interpretação do conceito de *iki* exercitada pelo sociólogo Domenico de Masi em sua obra "O Futuro Chegou: Modelos de Vida para uma Sociedade Desorientada. Rio de Janeiro: 1ª ed., Casa da Palavra, 2014.

156 *Na esperança de que nunca conheçam a guerra.* Clark, Christopher. Os Sonâmbulos: Como eclodiu a Primeira Guerra Mundial. São Paulo: 1ª ed., Companhia das Letras, 2014.

166 *Eu quero crer na solução dos evangelhos...* Simone. Cordilheira. Pedaços. Odeon. 1979.

13 *Pink Floyd* Banda britânica de rock. Londres. 1965. Disponível em:
https://pt.wikipedia.org/wiki/Pink_Floyd

18 *Sartre* Jean-Paul. Filósofo francês. 1905-1980. Disponível em:
https://pt.wikipedia.org/wiki/Jean-Paul_Sartre

21 *O velho e o mar* Livro. Hemingway, Ernest. 1952. Disponível em:
https://pt.wikipedia.org/wiki/O_Velho_e_o_Mar

21 *Hemingway* Ernest. Escritor norte-americano. 1899-1961. Disponível em:
https://pt.wikipedia.org/wiki/Ernest_Hemingway

24 *Nostradamus* Nostredame, Michel de. Astrólogo, médico e vidente francês. 1503-1566. Disponível em:
https://pt.wikipedia.org/wiki/Nostradamus

28 *Neil Peart* Músico canadense, baterista da banda de rock Rush. 1952-2020. Disponível em:
https://pt.wikipedia.org/wiki/Neil_Peart

28 *Afrodite* Mitologia grega. Deusa da beleza. Disponível em:
https://pt.wikipedia.org/wiki/Afrodite

37 *Blue Monday* Canção de New Order. Single. Factory Records, 1983. Disponível em:
https://www.youtube.com/watch?v=c1GxjzHm5us

37 *New Order* Banda inglesa de rock/música eletrônica. Manchester. 1980. Disponível em:
https://pt.wikipedia.org/wiki/New_Order

42 *Game of Thrones* Série de televisão norte-americana. 2011. Disponível em:
https://pt.wikipedia.org/wiki/Game_of_Thrones

42 *Paulo Coelho* Escritor brasileiro. 1947. Disp. em:
https://pt.wikipedia.org/wiki/Paulo_Coelho

42 *Brida* Livro. Coelho, Paulo. 1990. Disponível em:
https://pt.wikipedia.org/wiki/Brida

62 *Time Out of Mind* Álbum musical. Bob Dylan. Columbia. 1997. Disponível em:
https://pt.wikipedia.org/wiki/Time_Out_of_Mind

62 *Bob Dylan* Cantor, compositor, escritor e ator norte-americano. Minnesota. 1941. Disponível em:
https://pt.wikipedia.org/wiki/Bob_Dylan

67 *Robert Zimmerman* Vide Bob Dylan.

67 *Highlands* Canção de Bob Dylan. Time Out of Mind. Columbia, 1997. Disponível em:

https://www.dailymotion.com/video/xmhoa5

68 *Knockin' On Heaven's Door* Canção de Bob Dylan.
Single. Columbia, 1973. Disponível em:
https://www.youtube.com/watch?v=rm9coqlk8fY

68 *Guns N' Roses* Banda norte-americana de hard
rock. Los Angeles. 1985. Disponível em:
https://pt.wikipedia.org/wiki/Guns_N%27_Roses

68 *Like a Rolling Stone* Canção de Bob Dylan. Single.
Columbia, 1965. Disponível em:
https://www.youtube.com/watch?v=IwOfCgkyEj0

68 *Rolling Stones* Banda britânica de rock. Londres.
1962. Disponível em:
https://pt.wikipedia.org/wiki/The_Rolling_Stones

68 *Mick Jagger* Cantor britânico, vocalista da banda
de rock Rolling Stones. 1943. Disponível em:
https://pt.wikipedia.org/wiki/Mick_Jagger

79 *Djavan* Cantor e compositor brasileiro. 1949. Disponível em:
https://pt.wikipedia.org/wiki/Djavan

79 *Faltando um Pedaço* Canção de Djavan. Seduzir.
EMI Brasil, 1981. Disponível em:
https://www.youtube.com/watch?v=YzqipQaGzgM

81 *Sidney Oliveira* Empresário brasileiro do setor farmacêutico. 1953. Disponível em: https://pt.wikipedia.org/wiki/Sidney_Oliveira

81 *Niemeyer* Oscar. Arquiteto brasileiro. 1907-2012. Disponível em: https://pt.wikipedia.org/wiki/Oscar_Niemeyer

85 *Esquinas* Canção de Djavan. Lilás. CBS. 1984. Disponível em: https://www.youtube.com/watch?v=ceGe0lg8z68

87 *Ivan Lins* Cantor e compositor brasileiro. 1945. Disponível em: https://pt.wikipedia.org/wiki/Ivan_Lins

87 *Vitoriosa* Canção de Ivan Lins. Ivan Lins. Som Livre. 1986. Disponível em: https://www.youtube.com/watch?v=qa3KkEHkXSI

90 *Invocada* Canção de Ludmilla. Hello Mundo. Warner. 2019. Disponível em: https://www.youtube.com/watch?v=vvM7xlivbNQ

90 *Ludmilla* Cantora brasileira. 1995. Disponível em: https://pt.wikipedia.org/wiki/Ludmilla

94 *Romero Britto* Pintor e escultor brasileiro. 1963. Disponível em: https://pt.wikipedia.org/wiki/Romero_Britto

105 *Jura Secreta* Canção de Simone (Abel Silva/Sueli Costa). Face a Face. Odeon. 1977. Disponível em: https://www.youtube.com/watch?v=8Mrrbn1lj_Y

105 *Simone* Cantora brasileira. 1949. Disponível em: https://pt.wikipedia.org/wiki/Simone

121 *Apolo* Mitologia grega. Deus da beleza. Disp.em: https://pt.wikipedia.org/wiki/Apolo

131 *Micélio* Parte vegetativa de um fungo, que consiste de uma massa de ramificação formada por um conjunto de hifas emaranhadas. Disponível em: https://www.ecycle.com.br/os-milagres-dos-fungos-micelios-podem-salvar-o-mundo-em-seis-pontos/

138 *Roger Waters* Músico inglês, fundador da banda de rock Pink Floyd. 1943. Disponível em: https://pt.wikipedia.org/wiki/Roger_Waters

138 *The Final Cut* Canção de Pink Floyd (Roger Waters). The Final Cut. Columbia. 1983. Disponível em: https://www.youtube.com/watch?v=UxgZnVTyWRk

139 *David Gilmour* Músico inglês, guitarrista da banda de rock Pink Floyd. 1946. Disponível em: https://pt.wikipedia.org/wiki/David_Gilmour

150 *Robert Wyatt* Músico inglês. 1945. Disponível em: https://pt.wikipedia.org/wiki/Robert_Wyatt

150 *Remember That Night* Concerto de David Gilmour. Royal A. Hall. Londres. 2006. Disponível em: https://en.wikipedia.org/wiki/Remember_That_Night

150 *On An Island* Álbum de estúdio de David Gilmour. EMI/Columbia. 2006. Disponível em: https://en.wikipedia.org/wiki/On_an_Island

150 *Then I Close My Eyes* Composição de David Gilmour. Participação: Robert Wyatt. Concerto Remember That Night. Londres. 2006. Disponível em: https://www.youtube.com/watch?v=FczzefszNEc

156 *Christopher Clark* Historiador australiano. 1960. Disponível em: https://en.wikipedia.org/wiki/Christopher_Clark

157 *Rei Alfonso XIII* Rei de Espanha. 1886-1941. Disponível em: https://pt.wikipedia.org/wiki/Afonso_XIII_de_Espanha

166 *Cordilheira* Canção de Simone (Sueli Costa/Paulo Pinheiro). Pedaços. Odeon. 1979. Disp. em: https://www.youtube.com/watch?v=YBD5aaARWDM

ÍNDICE ONOMÁSTICO

A
Alfonso XIII, Rei – 157

B
Britto, Romero – 94

C
Clark, Christopher M. - 156
Coelho, Paulo – 42

D
Djavan – 79,80,85,86,90,91
Drummond de Andrade, Carlos – abertura, 12
Dylan, Bob – 62,63,67,68,75,89
(vide Zimmerman, Robert)

G
Gilmour, David – 139,150

H
Hemingway, Ernest – 21

J
Jagger, Mick – 68

L
Lins, Ivan – 87
Ludmilla – 90

N

Niemeyer, Oscar – 81
Nostredame, Michel de – 24

O

Oliveira, Sidney – 81

P

Peart, Neil – 28

S

Sartre, Jean-Paul – 18
Simone – 105,166

W

Waters, Roger – 138
Wyatt, Robert – 150

Z

Zimmerman, Robert – 67
(vide Dylan, Bob)

1ª edição: setembro de 2021
impressão: Break Point Editora Ltda.
papel de miolo: Paperfect Susano 75g.
papel de capa: Cartão Triplex 250g.
tipografia: Book Antiqua 12.

Break Point Editora Ltda.
Caixa Postal 45 – CEP: 14001–970
Ribeirão Preto/SP (16) 3877–9511
www.breakpointeditora.com.br